朝倉かすみ
リクエスト!

スカートのアンソロジー

朝倉かすみ / 北大路公子 / 佐藤亜紀 / 佐原ひかり
高山羽根子 / 津原泰水 / 中島京子 / 藤野可織 / 吉川トリコ

光文社

朝倉かすみリクエスト！

スカートのアンソロジー

目次

まえがき

朝倉かすみ

たいへんにまぁ幸せな仕事をさせてもらった。

わたしは、わたしの好きな作家たちに、わたしの決めたお題でもって小説を書いてもらったのだった。

いや、光文社のスズキさんという人から話を持ちかけられたときは、だいぶ困惑した。正直、イヤだった。

わたしはどちらかというと、好きな人、憧れの人とはなるべく関わりを持ちたくないほうだ。物陰からそっと「好きだな……」と覗《のぞ》き見する、そんな距離感が望ましい。できればその人たちの視野にすら入りたくない。だって、ちょっとでも認知されると、その人たちに嫌われる可能性が発生する。そう、ことこの件に関して、わたしは信じられないくらい卑屈である。なんならいくらでも卑屈になれる。

それでも話を受けたのは、それが夢のようであったからだ。

千載一遇レベルのチャンスと思えたからである。

わたしの好きな作家たちは、わたしの考えたお題をおもしろがってくれるだろうか。

わたしの好きな作家たちは、それぞれの作品とわたしの書いたのが一冊の本に収録されるのを不快に思わないだろうか。

※わたしだって併録されるのは気が重くてならないが、それがこのアンソロジー制作の条件だとスズキさんが言うのだった。

ほかにもいろいろ、ちいさいあぶくみたいな不安や心配が胸にあがってきてはプチプチ弾《はじ》けたりしたのだけれど、「小説宝石」での掲載が始まったら、そんなの、ぜんぶ、吹っ飛んじゃった！　わたしの胸のグズグズなんて、ほんと、どーでもよくなった。毎回、胸が高鳴り、読む喜びをぞんぶんに味わった。その喜びが分厚くなっていく。「スカート」というお題で、みんなで遊んでいる感じ。待って、楽しい。なにこれ。

だから、一冊にまとめるにあたっては「小説宝石」掲載順にした。

およそ一年、ほぼ月一ペースで読んだわたしの興奮が、どうか伝わりますように。

明けの明星商会

朝倉かすみ

朝倉かすみ
あさくら・かすみ
１９６０年、北海道生まれ。

２００３年、「コマドリさんのこと」で北海道新聞文学賞を受賞。

２００４年、「肝、焼ける」で小説現代新人賞を受賞。

２００９年、『田村はまだか』で吉川英治文学新人賞を受賞。

２０１９年、『平場の月』で山本周五郎賞を受賞。

作品に『少女奇譚　あたしたちは無敵』『満潮』『ぼくは朝日』『にぎやかな落日』など。

ドアが開き、玄関に足を入れた。からだも入れて後ろ手でドアを閉める。黒ずんだコンクリの土間で靴を脱ぎ、部屋に上がろうとする。土間と床の段差が案外大きく、「またぐ」感じがきた。またのあいだに静かな風が吹き上がる。死んだ人の部屋に入るんだ、と思った。土間に残したほうの足を引き上げ、いーやここはコマちゃん家《ち》、と思い直す。でもほんとはそんなに違わなかった。コマちゃんは死んだのだった。

「このたびは、どうも」

あらためて梨花《りか》ちゃんに挨拶した。梨花ちゃんはコマちゃんの姪御《めいご》さんだ。二十歳になったかならないかの学生で、コマちゃんとわたしたちの連絡係を買って出た。

「あ、どうも」

梨花ちゃんが浅く頭を下げた。前髪を残して、長い髪を後ろでひとつに結び胸に垂らしている。つやつやとした黒いフサを両手で絞るようにしながら言った。

「アヤチョさんは少し遅れるそうです」

「あ、そうなんですね」

ナイロンバッグから携帯を出した。「ごめん、寝坊」とアヤチョからＬＩＮＥに連絡が入っていた。遅ればせながら「了解　待ってます」と返信する。

コマちゃん、アヤチョ、マリッコことわたし。三人のＬＩＮＥグループの名前は「六日会」という。グループを作ったのが六日だった。何月だったかは忘れた。暑かったのか、寒かったのかも覚えていない。

記憶にあるのは、どこかの居酒屋のいやにぴかぴか光った板間のすみっこで、薄い座布団をお尻に敷いて、三人とも両手で携帯を持ち、あーだこーだと言い合ってるシーン。

グループ名をどうするかの話し合いだった。さまざまな案が出たのだが、どれもしっくりこなかった。とってつけたようなものになりがちで、だれかの口から出たときは「あっそれイイ」と沸くのだが、すぐに「でもなんか違うんだよね」となった。おひとりさまの会とか、世帯主の会とか、そういうのだ。

もっともマシなのは「持丸商会《もちまる》」だった。持丸商会は機械工具を扱う株式会社で、創業昭和三十一年。本社は埼玉県和光《わこう》にあり、現社長が二代目である。

わたしたちはそこの社員だった。一九八七年の同期入社だが、歳《とし》はばらばらだ。コマちゃんは高卒、わたしは短大卒、アヤチョは大卒なのだった。同期入社はほかにもいた。高卒、専門学校卒、大卒の男子が二人ずつ。総勢九人の新卒組だったが、連休明けに出社しなくなったのを皮切りに一人辞め、二人辞めしていって、五年経《た》ったら残っているのはわたしたちだけだった。梅雨のある日、マルチプランという表計算ソフトで、セルに設定する計算式をアヤチョに教わっていたコマちゃんとわたしを見かけた人事部長が声を漏らした。「お前さんたちの代は逆のようだね」。入社五年で女子社員全員退職ならば珍しくなかったようだ。

アヤチョは三十三歳、わたしは三十六歳で退職した。勤続十年目と十五年目だった。アヤチョはバイトでやっていたライター業を本業にし、わたしは当時の彼氏の転任地・福岡に飛び、押しかけ女房となった。七歳年下の彼氏はちっとも迷惑そうでなく、むしろ感動の面持ちで、わたしはさっそく「落ち着いたら結婚しよう」との約束を取り付けたのだが、いざふたり暮らしを始めてみると、次から次へと遊び毛が出てくる敷物にべったり座っているような毎日で、糸くずみたいな文句をのべつなすりつけ合ったあげく、わたしはふるさと埼玉に舞い戻った。その後、アヤチョはライターとしてたまにラジオに出るまでになり、わたしは資格を取り介護職員として有料老人ホームで働いている。

コマちゃんは持丸商会に勤めつづけた。二代目社長に代替わりし、新体制が整った矢先のリーマンショックやなんやかやでボーナスはお年玉くらいになったものの、会社はなんとか保《も》っていた。コマちゃんは定年までいようか、早期退職優遇制度を利用しようか思案していたようだったが、定年まであと十年ちょいに迫った三年前だったか、四年前だったかに子宮体がんが判明し、子宮やそのへんのものをみんな取り、むろん放射線治療も受けたのだが、どこかのリンパ節だったか肺だったたか、あるいはその両方だったかに転移して、入院したり退院したり転院もしたりして、こないだ息を引き取ったのだった。

だからまあ、三人のLINEグループ名として「持丸商会」はぴったりだった。わたしとアヤチョは、決まりだ、いえーい、とハイタッチなどしてはしゃいだのだが、コマちゃんがいい顔をしなかった。コマちゃんは現役の持丸商会社員だから、会社名がグループ名になるのがいやなのかなとわたしは思ったが、そうではなかった。少々大きめの黒いセルフレームの遠近両用メガネを手の甲でずり上げずり上げして、コマちゃんが説明した。

「ちゃんとした理由あるじゃん、『持丸商会』だと。三人が知り合った場所だから、みたいなやつ。そういうの、なんか、うるさいと思うんだよね。なんていうかこう、意味が出すぎるっていうか、『わたしたちが出会ったのは奇跡』的な、大げさな」

わたしはフゥンとうなずき、コマちゃんの言わんとすることをおぼろに理解した。このおぼろさは、白っぽい薄手の夏物を着たときの下着の透けように似ていた。生地越しに形状や色や柄がしのばれる程度のおぼろさで、つまり、どんなパンツを穿《は》いているのかがなんとなく分かってしまうのである。

「もっとなんでもないのがいいと思うんだよね。ポンとそこらへんに置くような、そういうのが」

コマちゃんはちいさな箱を脇に置く身振りをしながら、独り言みたいにつづけた。

コマちゃんの訃報に接し、わたしの頭にいちばんに浮かび上がったのが、このときのコマちゃんだった。

わたしはコマちゃんの隣に座っていた。居酒屋ではだいたいいつも壁側にコマちゃんとわたし、通路側にアヤチョが座った。コマちゃんはぽっちゃり体型にしては薄い手で空中にお弁当箱くらいのものを象《かたど》り、それを、ちょっとからだをひねって、わたしと反対側の板間に（すみっこに）、いかにも「ポン」と置いたのだった。うつむいたコマちゃんの茶色いマッシュルームカットの後頭部とむっちりした襟足の具合がシメジに似ていた。

「そうだよね、コマちゃん、ほんとそう」

　わたしが同調すると、コマちゃんは下ぶくれの白い顔をゆっくりとほころばせた。眉と眉のあいだがひらいていって、肩のあたりの強張《こわば》りがほどけていった。「いやまーそんなアレでも」と照れくさそうに洟《はな》を啜《すす》ってみせるのを見て、わたしはまたしてもコマちゃんをおぼろに理解した。パンツが透けて見えてくる。

　コマちゃんは、わりによくパンツを透けさせる人だった。そのたび、わたしは速やかに同調した。大の大人がパンツを透けさせてまで通したい意見なら通させてやりたい。おそらくアヤチョも同じ考えだったと思う。ただし方法は同調一本槍《やり》のわたしとは違った。

「めんどくさ」

　アヤチョは頬に手をあて、大ぶりのため息をついた。

「コマちゃんてホントめんどくさいよね。『持丸商会』でほとんど決まってたのに、ホントわがままなんだから」

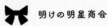

とコマちゃんに視線を投げた。コマちゃんは厚ぼったい背中を丸め、いかにもつまらなそうに携帯をスワイプしていたが、満更ではない顔つきをしていた。「ねーねーコマちゃん」と肩を揺すったら、「ちょっともーやめてよ」とでれでれ笑い出しそうだった。

コマちゃんは「めんどくさい」とか「わがまま」と詰《なじ》られるのが実はけっこう気に入っていた。分けてもアヤチョから言われるのが嬉《うれ》しいようだった。コマちゃんは、きっと、アヤチョのことが好きだった。たぶん恋とかそういうのではなく。いや、べつに恋でもいいのだが、わたしの見るところ、そこまで熱は高くなかった。恋寄りの好き、が、近いかもしれない。コマちゃんは男の人が少し苦手だった。青々とした髭《ひげ》剃りあとや、アフターシェーブローションの香りに怖気《おじけ》づくところがあった。ヘイトとまではいかないし、フォビアというのでもないようだったが、かといって、単に「ねんね」というわけでもなさそうだった。まー「ねんね」は「ねんね」だったけど。

コマちゃんは、普段、会社で、「ねんね」はもちろん、「めんどくささ」や「わがまま」も周囲に気取《けど》られないようにしていたはずだ。わたしが同僚だったころはそうだった。何を言われてもふくよかな笑みを絶やさず、機嫌よさそうにしていた。粛々と職場の空気の望む百点満点の女子社員をプレイしていた。たぶんだけど、ベテランとなってからは、職場の空気の望む百点満点の最年長女子社員をプレイしていたに違いない。たとえば、埃《ほこり》の積もった置物みたいな「経理のオバちゃん」を望まれたと察知したら、そんなふうに。

「まったくもう、LINEグループの名前くらいで」

聞こえよがしにぶつぶつ言いながらも、アヤチョは何か考えていたようで、ふと、というふうに頬から手を外し、

「今日の曜日か日付けにする？　名前」

とコマちゃん納得の代替案を出し（「最初から出せよ」とわたしは思った）、

「うん、でもじゃあ日にちにしようよ。六日だから六日会」

とコマちゃんに決めさせた。

そのLINEグループに梨花ちゃんから連絡が入ったのだった。

かたちとしては、コマちゃんのなりすましだった。

コマちゃんの風船葛《ふうせんかずら》の写真のアイコンからの吹き出しに「藤吉駒子《ふじよしこまこ》の弟の娘の梨花です。コマ姉《ねえ》のiPhoneから入っています」と書いてあったのを読んで、ヒュッ、わたしは息を飲んだ。実感したのだった。コマちゃん、ほんとに死んじゃったんだ。

梨花ちゃんが言うには、コマちゃんの遺言で、わたしとアヤチョに形見分けをしたいとのことだった。わたしたち自身の手で選んでもらいたいので、コマちゃんのコーポに来てほしいと。

「背が高いですね」

梨花ちゃんがアヤチョに言った。「ええ、まぁ」とアヤチョ。ダウンのポケットに両手を入

れて突っ立っている。それはわたしも同じだった。ダッフルコートを着込んだまま、明るい白木のフローリングに立っている。羊みたいなモコモコブルゾンを着た梨花ちゃんももちろん立っていて、アヤチョに興味津々だった。「すごく若く見える」、「白髪《しらが》、ないんですか？」、「痩せてますね」、「脚、ほっそいですよね」等々、年ごろのお嬢さんの好奇心のおもむくままの問いかけにアヤチョは「ですかね」か「ですね」の二種類で応じていたが、一度だけ、ちゃんと答えた。梨花ちゃんがこう訊《き》いたときだ。

「アヤさんですか、アヤコさんですか、ひょっとしてアヤノさんとか」

「綾田《あやた》ですね、苗字《みょうじ》のほう」

アヤチョはわたしを手のひらで指し示し、「ちなみにこの人も苗字です、鞠子由紀《まりこゆき》さんです」と紹介し、「まーどうでもいいですけどね」と付け足した。「まーホントどうでもいいんですけど」と受けて、わたしもふたりの会話に入った。

「下の名前はコマちゃんだけなんですよ」

藤吉駒子、とコマちゃんの名前を口にしたら、場の空気がスッと改まった。透明な幕が切って落とされたようだった。

梨花ちゃんが「あ」とちいさく口を開け、胸に垂らした髪のフサを絞るようにしながら話し始める。えっと。

「今日はお忙しいところ、お越しいただきまして、まことにどうもありがとうございます。形見分けって四十九日法要のあとに行うものらしいのですが、その前にこの部屋を引き払うとお父さんが決めてしまいました。あたしは、アヤチョさんとマリッコさんにこの部屋に来てもらって、好きなものを持っていってほしいというコマ姉のきもちを大事にしたかったし、実現させてあげたかったので、ちょっと変な言い方になるのですが、めっちゃカジュアルというか、アットホームっていうか、格式ばらない、形式ばらない、そんな『ばらない』形見分けツアーを行おうと思いました」

パチパチパチ。わたしとアヤチョはお辞儀をする梨花ちゃんにできるかぎり盛大な拍手を送った。梨花ちゃんは、や、どうも、どうも、というふうにわたしとアヤチョにペコペコお辞儀してから顔を上げた。キリリと引き締まった表情で、おへそのあたりで手を重ね、発声する。

「では台所から」

えっ、台所？　とアヤチョと目を合わせたのだが、

「オープン！」

と梨花ちゃんはシンク下の扉を開けた。

せっかくなので、わたしとアヤチョはしゃがみ込み、暗がりを覗《のぞ》いた。伸縮ラックに鍋、フライパン、ざる、ヤカンがきちんと片付けられていた。鍋は四種類あった。両手鍋大小と片手鍋大小。フライパンは三種類。大中の円いのと、卵焼き用。どれも使い込まれていた。持ち手が手垢《てあか》で黒ずんでいるのもあり、コマちゃんが日常的に料理をしていたことがしのばれた。

コマちゃんはこれらの鍋やフライパンでスパゲティを茹《ゆ》でたり、レトルトを温めたり、野菜炒《いた》めを作ったりしてたんだろうな、もっと手の込んだものを作っていたのかもしれないけど、と思いつつ立ち上がったら、チャーハンを作るコマちゃんが見えた気がした。カンカンとお玉を鳴らして豪快にフライパンを煽《あお》るコマちゃん。そんなすがた、一度も見たことがないのに。

ガスコンロを見たら、天板はきれいだが、バーナー周辺と排気口が油でベタついていた。わたしと同じだった。わたしは掃除があまり好きではなく、持丸商会恒例の大掃除では、目につくところだけササッと拭いて済ましていた。「出た、マリッコのちょんちょん拭き」。すみずみの汚れまで見逃さないコマちゃんはそう言って、大いに呆《あき》れた。わたしが辞めるまで、大掃除のたびに嘆きの鼻息を漏らしていたものだが、実は御同類だったとは。こういうのちょっと嬉しい。台所周りを掃除する洗剤もわたしの使っているのと同じで、嬉しさが増した。「セスキいいよね」とか、そんな話をコマちゃんとしたかったような気が俄然《がぜん》してくる。たしか、洗剤の話はしたことがなかった。アヤチョが話しかけてくる。

「そういや、コマちゃんてお弁当持って来てたよね」

わたしの頭のなかに持丸商会の食堂が広がった。

白いビニールクロスをかけた六人がけのテーブル、それが四台。椅子は普通の折りたたみパイプ椅子で、奥にテレビがあったはず、壁は木目の合板で、とくわしく思い出そうとしたのだが、それ以上出てこなかった。

残念だったので、「お弁当とコマちゃん」でもって懐《なつ》かしい映像を引き出そうとする。

コマちゃんは基本的に毎日お弁当を持参していたが、たまにお弁当屋さんが売りに来る半なまの湯がいて食すカップ入りうどんが無性に食べたくなるようだった。我慢できずに財布をひらき（コマちゃんはスイカの模様のビーズのがま口財布を社内用にしていた）、「太る太る」と笑いながら、お弁当とうどん、どちらもペロリと平らげた。

コマちゃんのお弁当箱は半透明の四角いタッパーウェアで、親戚のカナダ土産《みやげ》だというフォークを毎日アルミホイルで包んで持って来ていた。「お昼休みはウキウキウオッチング」。正午に始まるテレビ番組のオープニング曲が突如脳内に流れる。茶色いマッシュルームカットの頭でリズムをとりながら、みんなのお茶の準備をするコマちゃんの丸まっちい後ろすがたが哀愁を帯びて瞼《まぶた》の裏をよぎったのだが、なぜだろう、それほどのたかまりは感じられなかった。

「……なんか、そうでもないね」

アヤチョがつぶやいた。たかまりの件だと知れた。アヤチョの頭のなかにはコマちゃんがお弁当入れにしていたハンギョドンのミニトートバッグがまず浮かんだそうだ。次にそれを胸に抱えて小走りで食堂に向かうコマちゃんの平たい横顔。

「でも、そうでもなかったんだよね」

肩につくかつかないかの長さの髪をようやっと一つに結んだアヤチョはフェイスラインがすっかり見える。しわもたるみもほとんどなくて、梨花ちゃんの言う通り「すごく若く見える」。

加えてアヤチョは昔から「すごく痩せてる」。黒ずくめの服装も昔からで、脚の細さを誇示するようなスキニーを好み、今日もそれだ。

「分かるよ」

いくぶん上の空で答えた。茶封筒みたいな色のだぶっとしたセーターにストレートのGパン。それが今日のわたしのいでたちである。ここ数年は、いわゆる「お肉を拾わない」ラインの服装を心がけている。五十三歳。二十代のころからだと十キロ増えた。われながら堂々たる腹部である。時間が少しあったのと、なにやら感慨深いものがあり、出がけにとっくり見てしまった化粧したての自分の顔を思い出した。心づもりしていたよりも老けていて、「えっ」、「えっ」、と鏡に近づき、「う、わぁ」と離れ、「やだねぇ」と目を逸《そ》らしてから「アラフィフ、アラフィフ」と言い聞かせた。こんな調子で、もろもろ抗《あらが》わずに来てしまったのだった。コマちゃんと、アヤチョのかっこよさを誉《ほ》めたたえる会をひらきたかった、と急に思った。アヤチョのいないところでさ。アヤチョっていいよね、と少女みたいにきゃあきゃあ騒ぎたかった。

「実はわたしも、そんなでもないんだ」

かなりの小声でアヤチョに告げた。たかまりの件だ。

「玄関に入って、床に足を乗せたときがマックスだった」

「あー……」

アヤチョは腕を組み、一瞬目を閉じた。

「ワタシは梨花ちゃんが無造作にキャビネットに置いたコマちゃん家の鍵を見たときだな、今のところ」

「あー……」

四段キャビネットに目をやって、うなずいた。フェルトのカナリアのキーリング。このコーポの鍵と、両親の施設入所を機に売却したコマちゃんの実家の鍵が通してある。「あのさぁ」とコマちゃんが切り出し、実家の鍵をわたしたちに見せたシーン。経緯を話す途中、コマちゃんは何度も声をつまらせた。でも、泣かなかった。コマちゃんの涙は目にたまっただけで、こぼれ落ちなかった。

「セーフ」

コマちゃんはそう言って、「実家なくなったくらいで泣くかよ」とまったくコマちゃんらしからぬ物言いでうそぶいたのだった。

「オープン！」

梨花ちゃんは吊《つ》り戸棚、食器棚、四段キャビネットとDKにある家具を次々と開けていった。わたしとアヤチョは律儀に、丁寧に、一箇所ずつ覗き込み、脳裏にコマちゃんを描いてみたのだが、依然として、そうでもなかった。ある程度予感していたほどのたかまりが来ないのだった。ひょっとしたら、どえらいエモーショナルの波に揉《も》みしだかれるのでは、とうっすら怯《おび》えてさえいたのに。アヤチョが言う。

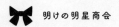

「正直、台所ゾーンはそんなに……だなぁ」

「わたしたちがしょっちゅうコマちゃん家に来て、手料理をふるまわれてたっていうんなら話はべつだろうけどね」

「えっ、来てなかったんですか？」

梨花ちゃんが驚いた。

「初めて来ました」

「初めてです」

ふたり揃《そろ》って答えたら、梨花ちゃんは「はぁ」と気の抜けた声を出し、「すっごい仲良しかと思ってた」と肩を落とした。

梨花ちゃんは入院中のコマちゃんの主たるお世話係だったようだ。コマちゃんの弟さん夫婦はパン職人と洋菓子職人で、都内の同じホテルで働いている。梨花ちゃんの弟はまだ中学生だ。大学生の梨花ちゃんがコマちゃんに寄り添ったのは、家族でもっとも時間の融通が利くというのもあるけれど、梨花ちゃん自身の、なんとなくの将来像の第一候補として「伯母《おば》のコマ姉」がかねてより胸のうちにあったというのが大きいらしい。

「とくに煌《きら》めく才能もないですし、才能とまではいかなくても、お株っていうんですか、得意なこともないし、恋愛にのめり込む体質でもないようで、部屋でいちんちマンガとか動画みてたら充足しちゃうんですよね」

顔も似てるし、とほっぺたに手をやった梨花ちゃんは、なるほど、コマちゃんに似ていた。あと十キロ以上太って、髪を染めて、マッシュルームカットにして、黒いセルフレームのメガネをかけたら、たぶん、ほとんどコマちゃんだ。

「コマ姉が話すのは会社絡みのことばっかりでした。仕事の内容ではなくて、社内のちょっとした出来事を思い出すままフリもオチもなくだらだら喋《しゃべ》るって感じで、とにかく、アヤチョさんとマリッコさんがよく出てきたんですよ」

ふふふ、と梨花ちゃんは笑った。

「お二人に形見分けをしたいというのは、転移が判《わか》ったころから言ってました。コマ姉が高校二年生だったとき、おばあちゃんが亡くなったらしいんです。で、親戚がおばあちゃん家に集まって、形見分けをしたと。それがコマ姉にはとっても楽しい思い出のようなんですね、だから自分の形見分けも是非したいと。分けるのはアヤチョとマリッコなんだと」

梨花ちゃんは襟足をさすった。「形見分けなんて言わないで、お見舞いに来てもらったら」と言ったそうだが、コマちゃんは「痩せちゃったからヤダ」とふとんをかぶったそうである。

わたしの頭にちいさな箱を脇に置く身振りをするコマちゃんが浮かんだ。ぽっちゃり体型のわりには薄くて、指も細くて長くて、白くてきれいな手で空中にお弁当箱くらいのものを象り、ちょっとからだをひねって、わたしと反対側の板間に（すみっこに）、いかにも「ポン」と置くようす。コマちゃんは、あんなふうに、あの世に渡りたかったのかもしれない。

「おばあちゃんの形見分けってそんなに楽しかったんですかね？」

アヤチョが梨花ちゃんに訊いた。

「おばあちゃんが押し入れに溜《た》め込んでいたものがワラワラと引っ張り出されて、ひとつずつ集まったみんなの手に取られて、わいわいがやがや寸評されるのを見ていたコマ姉の心のなかで、おばあちゃんが死んだことより、おばあちゃんが今まで生きてきたことのほうがなんか急に伸《の》してきて、その伸したやつが求肥《ぎゅうひ》みたいにモチモチで、いつまでも固くならない気がしたから」

とっても楽しかったと言ってました、と梨花ちゃんは苦笑した。おぼろにしか理解できなかったのだろう。わたしの口元もゆるんだ。

「まー正直、コマちゃんとわたしたちって、そんなに仲良しっていうんじゃなかったかもしれないです、よく分かんないけど」

会社辞めてから、会うのは二、三年に一回だったし、とこめかみを掻《か》いたら、「んー、でも」とアヤチョが微《かす》かに笑った。

「ワタシたち、それでも、やっぱり、友だちなんですよね」

親兄弟と仕事関係以外でこんなに長く付き合ってるひとたち、いませんもん、とつづけた。

「そうなんですよね」

わたしは茶封筒色のセーターの袖を引っ張り、うなずいた。コマちゃんは友だちだ。

コマちゃん死去の一報はアヤチョから受けた。金曜の夜である。珍しく電話だった。わたしは夜勤にあたっていて、明くる土曜の朝九時ちょっと過ぎに折り返し電話をかけたのだが、今度はアヤチョが出なかった。折り返しの折り返しで夜中にやっと通じた。えっ。絶句しているあいだ頭に浮かんだのはちいさな箱を脇に置く身振りをするコマちゃん。きれいな薄い手。シメジ似の後頭部と襟足。

「……そうなんだ」

ようやっと声が出た。そんなに深刻だったとは思ってなかった。コマちゃんの口から聞いた「病気」は、おっかないことはおっかないけど、手術すれば、やっつけられるタイプだった。コマちゃんはエヘヘと意味なく笑い、「むしろ痩せれるかもよ」と両手をプクプクの頬に押しつけアッチョンブリケをやった。わたしは「ちょっとくらい痩せたほうがいいかもねー」と言おうか、「病気で痩せてもねー」と言おうか迷って、「ちょっと、ねぇ、入院する病院、教えてよ」と言った。二年前だったか、三年前だったか、四年前だったか、コマちゃんのがんが見つかってまもないころのやりとりである。和光市駅の南口の居酒屋の個室に三人集まったときのこと。

アヤチョには持丸商会の後輩からメールがきたそうだ。二月二十六日に亡くなり、親族のみで葬儀を執りおこなうと喪主の弟さんから会社に連絡が入ったらしい。親族以外の参列は遠慮してもらいたいようで、葬儀の日程も場所も伝えられなかったそうだ。

「あーそれはちょっとさみしいかもね」

「んーでもほらコロナそろそろヤバいし」

「や、それにしたってさ」

　息をついで、

「あーあ、コマちゃんの遺影、見たかったなあ」

　と大きめの声を出した。部屋の真ん中の奥にコマちゃんの写真があって、その周りに白い花が波打つように配置されている。コマちゃんの遺影はコマちゃんの残していった写真のうち、いっとう写りのいいのを引き伸ばしたものだ。コマちゃんの知り合いはみんなその写真を見上げ、お焼香をする。

「主役になれる最後のチャンスじゃん。結婚しなかった勢としては」

「マリッコは結婚式に憧れ持ちすぎなんだよ」

　ちょっとしたトラウマだね、とアヤチョは笑った。カサカサとした笑い声だった。もとよりアヤチョはハスキーボイスだが、その夜はいつもより多めにかすれていた。

　いうほどトラウマじゃないよ、と言い返そうとしたら、アヤチョが話し出した。

　コマちゃんは昨年秋から入院していたという。昨年は体調のすぐれない日が多く、ほとんど出勤していなかったらしい。

「ちょっと、ねぇ、入院する病院、教えてよ」

二年前だったか、三年前だったか、四年前だったか、コマちゃんのがんが見つかってまもないころのやりとりをまた思い出した。和光市駅の南口の居酒屋の個室で会ったのが、そうか、最後か。三人で会うときは、つねにコマちゃんの「そろそろ遊ばんね」がきっかけだった。寄り合いの発案をするときだけコマちゃんはおばあちゃん譲りの博多弁を使った。

時計を見たら、深夜零時一分になるところだった。不意に「またぐ」感じがした。またのあいだがちょっとスースーする。今日と明日の継ぎ目から風が立っているんだ、きっと。そう思ったら、空中ブランコの画《え》が浮かんだ。二台のブランコがサーカスの天井間近で力強く大きな弧を描いている。撞木《しゅもく》に両手でぶら下がるフライヤー、膝の裏でぶら下がるキャッチャー、どちらも幅広のエンジ色のブロード布で目を覆っている。目隠し飛行だ。

わたしは八歳で、バス通りのこちら側に住んでいた。ある日、友だちがわたしに訊いた。

「チーちゃん、どうしたんだろうね?」

チーちゃんはバス通りの向こう側に住んでいた。向こう側はわたしたちの住むこちら側とは町名も校区も違っていた。わたしたちがチーちゃんと話す機会はほとんどなかった。でもなぜかお互いに顔と名前は知っていた。そのチーちゃんの姿が数日見えなかったのだった。

「あのね、火事」

わたしは声をひそめ、お友だちに教えてあげた。

「前にほら、あの辺で火事、あったでしょ。あれ、実はチーちゃんのお父さんが犯人だったの。ベンショウしなくちゃならなくて、チーちゃんをサーカスに売ったのさ」

「えっ、サーカスに？」

「ウン。空中ブランコのおけいこしてるらしいよ。目隠し飛行ができるまではゴハン抜きなんだって」

ここでわたしは友だちに目隠し飛行の説明をした。それがどれほど素晴らしい技か、成功したらどれほど観客の心を摑《つか》むかを熱心に語った。

「けれども、チーちゃんは、なかなかじょうずにできないの。だからゴハンは食べられないけど、黒くて大きいクマと仲よくなって、その子からハチミツもらってるんだって。それから夜はその子がいっしょに寝てくれるから、ちっともこわくないんだって」

と、ハチミツをべろべろ舐《な》める振りをしたり、クマのお腹《なか》に顔をうずめ、フカフカの毛でそっと涙を拭う真似《まね》をしてみせたのだが、すべて作り話である。

なのだがしかし、わたしのなかではその日からチーちゃんの修業の日々が始まった。チーちゃんはきっと名うてのブランコ乗りになったに違いない。バス通りの向こう側のその向こうに「ポン」と上手《じょうず》に着地して。

コマちゃんの住まいは1LDKだ。

六畳のリビングは和室からリフォームした半洋室だった。フローリングだが、押し入れがある。ベッド、テレビ、テレビ台、低いテーブル、円形のラグ、ほぼ無印良品の製品だった。コマちゃんはDKでも無印良品を駆使していた。ことに吊り戸棚のポリプロピレンファイルボックスを並べた収納は圧巻だった。雑誌や動画でよく見る景色だ。ごちゃつきが一切なく、すっきりとした見た目の美しさが印象的で、わたしもかなり気になっていた。あーこんな話もコマちゃんとしてなかったな、と思った。とたん、あれ、わたしいつもコマちゃんとどんな話してたっけ、とわずかに不安になった。

コマちゃんが亡くなったと知ってから、知らず知らずのうちにコマちゃんのこと――コマちゃんの表情、コマちゃんの主張、コマちゃんのすがた、コマちゃんとのやりとり――が思い出された。

わたしとコマちゃんとアヤチョは、愉快そうに笑ったり食べたり飲んだり歩いたり喋ったり歌ったりしているのだが、断片ばかりという気がする。断片はかき集めて組み合わせたら完成するパズルのようなものではなく、途切れることなく降ってくる雨みたいで、なにやらわたしに染《しゅ》んでいくのだった。

「ローソンのさ、高地バナナのしみこみショコラみたいな感じなんだよ、コマちゃん!」

で、その状態などをコマちゃんに報告したくなり、「そういえばこういう話、コマちゃんとしなかったなぁ」と思うと、あれ、わたしいつもコマちゃんとどんな話してたんだろうとわずかに不安になるというループ。

形見分けで欲しいのは、現段階では吊り戸棚のポリプロピレンファイルボックス一式だった。でも、この選びは「形見分け」の正解ではないような気がする。それはただわたしの欲しいものので、コマちゃんの生きた証《あかし》としては弱いのでは？　でもそれでいいのかもしれないと思う自分もいて、リビングに移動するときアヤチョに言ってみたら、アヤチョの答えは「全部持って帰るの大変じゃない？」だった。

「オープン！」

梨花ちゃんが押し入れを開けた。上段には伸縮式の押し入れ用パイプハンガーが据えてあった。左にトップス、右にボトムス。下段は無印のポリプロピレン収納ケースを空間いっぱいに組み合わせていた。吊り戸棚どころじゃない圧巻ぶりだ。

アヤチョとハンガーにかかっているトップスを一枚ずつ見ていった。知っているものは二枚あった。二、三年に一度しか会わないわたしですら印象に残っている上衣《うわぎ》たちだ。

一枚はオリーブ色のシフォンのボウブラウス。一杯だけハイボールを飲んだコマちゃんが酔っ払ってテーブルに突っ伏して眠り、目を覚ましたら、ボウ部分がほどけ、おまけになぜかボタンも外れていて、まさかの妖艶な黒のレースブラジャーと巨乳の谷間がほぼ全開になっていた。

もう一枚はエメラルドグリーンの濃淡のストライプシャツ。コマちゃんにしては大胆な色と柄だった。ネイビーのニットジャケットの下に着たら、顔がパッと明るくなっていいわ、と考え買ったそうだが、わたしとアヤチョに即座に「デカパンさんだ」とげらげら笑われた。最初はわたしたちと一緒に笑っていたコマちゃんだったが、笑いながらもだんだん泣きそうになっていった。「顔がパッと明るくなると思って」と何度も言った。そんなコマちゃんを見て、いい加減酔っ払っていたわたしは、感情のスイッチがばかになっていたらしく、切なさに駆られてむせび泣き、コマちゃんにしつこく謝った。そんなわたしと「いいよもう、マリッコ。いいんだよ」とわたしをなだめるコマちゃんを見て、アヤチョはたがが外れたように笑った。

「ああ、これは覚えてる」

笑ったなぁ、とアヤチョがデカパンシャツの襟元を触った。楽しそうな口元のまま、

「これ欲しいな、形見に」

コマちゃんだけじゃなくマリッコの形見でもイケるし、と言い、「キープ」とハンガーから外した。

ボトムスは持丸商会の制服スカートから始まった。

号数順に並んでいた。紺色のタイトスカートである。どれも窮屈になっても穿きつづけたらしく、生地が伸び、だいぶ大袈裟《おおげさ》に言えばコマちゃんのお腹やお尻にフィットしたシルエットになっている。九号スタートで十五号まで。一枚ずつ見ていって、声が漏れた。制服は会社か

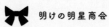

ら貸与されたものだからして、サイズが合わなくなったら交換するのが筋である。どんなにくたびれていたとしても、会社に返却しなければならない。きっとコマちゃんは「こんなボロいの、もうだれも着ないよ」とかなんとか言って、パクったんだと思う。何かの記念に取っておいたんだと思う。

「がんばったねぇ、コマちゃん」

自分の声が耳から入った。耳の中でも自分の声がする。

「ちょっと、ねぇ、入院する病院、教えてよ」

まーた思い出しちゃったよ。二年前だったか、三年前だったか、四年前だったか、コマちゃんのがんが見つかってまもないころのやりとり。和光市駅の南口の居酒屋の個室ね。コマちゃんとわたしが和光らへんで、アヤチョが大山《おおやま》だったから、三人で会うのは和光か、大山か、ちょっと洒落《しゃれ》込んで池袋だった。

最後に会ったとき、コマちゃんは病院を教えてくれなかった。

「お見舞いとか、なーんかいやなんだよね」

ふふん、となぜかせせら笑ったのち、それは見事なアヒル口を作り上げて、言った。

「マリッコ、これ、できる?」

「え、今さらのアヒル口?」

余裕たっぷりで応じたが、挑戦したことはなかった。挑戦する気もなかったが、コマちゃんが据わった目で「やってみ！」と強めに絡んできたので、やってみた。無様《ぶざま》なアヒル口になり、コマちゃんは大きな口を開けて笑い、アヤチョにもやらせた。

「ふたりともダメダメだあ」

白くむっちりした短い腕を高く組んでわたしたちを罵倒し、

「こう！」

とアヒル口をやってみせたコマちゃんだった。あれが最後。

「しかし、ワタシたちでよかったのかねぇ、コマちゃんの形見分け」

いや、友だちは友だちだけど、とアヤチョが言った。

わたしたちは制服スカートの部を終え、私服スカート春夏の部を一枚ずつ見ていた。コマちゃんの選ぶ私服スカートは、いい加減にしろと怒鳴りたくなるほど似通っていた。ウエストがゴムのロングスカートである。リネンとかコットンリネンとかコットンとか自然素材のものが多く、いわゆるアースカラーがお好みのようだ。

「そんな深い意味ないんじゃない？」

意味とか理由とか、あのひと、嫌がってたよね、とわたしは言った。思いがけず語勢が強く、冷たくなった。ピシャリ、という感じで、われながら取りつく島もない言いようだった。アヤチョが驚いた目でわたしを見る。黒目が忙しく動いている。

アヤチョはコマちゃんの友だちがわたしたちよりほかにないのを知ってて、さっきみたいなことを言ったのだ。アヤチョは時々その手の嫌なことを言う。なーにが「しかし、ワタシたちでよかったのかねぇ」だ。

ＬＩＮＥグループの名前を「六日会」と決めたのはコマちゃんだった。わたしとアヤチョの推した「持丸商会」を蹴ってのことだった。

この話には続きがあった。どこかから運ばれてきたように思い出した。

あのとき、わたしたちはアヤチョの地元、大山の居酒屋に集まっていた。店を出て、わたしとコマちゃんはアヤチョと別れ、東武東上線《とうぶとうじょうせん》に乗った。大山。中板橋《なかいたばし》。ときわ台《だい》。上板橋《かみいたばし》。東武練馬《ねりま》のあたりでコマちゃんが言った。さっきの名前なんだけどさ、あの、ＬＩＮＥグループの。

「アヤチョとマリッコはもう辞めてたけど、前の社長が引退するとき、挨拶したんだよね。うん、あたしらが入ったときには既におじいちゃんだった、あの。うん、はげ。前の社長はね、会社の名前を『明けの明星商会』にしたかったんだって。どうしてかっていうとね、明けの明星って金星で、一番星のことなんだって。社長は吹けば飛ぶような会社だけれど夢はでっかく業界の一番星を目指そうと思ったんだって。だから『一番星商会』にしようとしたんだけど、『明けの明星商会』のほうが無限の広がりが感じられるから、こっちがいいって思ったんだって。でも周りの人に耳馴染《なじ》みがよくないと反対されて、『一番星』のほうはなんか商標登録されててダメで、苗字の『持丸商会』にしたんだけど、心の中ではずーっと『明けの明星商会』のつもりだったんだって。業界一番星と無限の広がりを目指してたんだって。だから、あたしが」

コマちゃんはここで息をついだ。

「アヤチョとマリッコに出会ったのは、『持丸商会』じゃないんだよ。だんぜん『明けの明星商会』なんだ。アヤチョもマリッコもあたしの明けの明星だからさ」

なーんちゃって、でも、ほんと、と低い声で告げたコマちゃんはあのとき四十半ばだったはずだから、まー実になんというかパンツが透けても言いたいことは言うひとなのだった。

そしてわたしの頭の中に映し出されるコマちゃんとの出会いのシーン。その年の新規採用九人が会議室に集められたときのこと。男の子たちは当時流行《はや》った肩幅の広いゆったりめのスーツを着て、緊張しつつも「うっす、自分、がんばります」みたいな空気を放って、ロの字形に配置された机の両側に座っていた。アヤチョは白ブラウス、チェックベスト、紺タイトスカートの制服を着て、窓の手前、奥の席についていた。髪型は、前髪を長くしたショートカットで、首が細く長く見えた。両側の男の子たちから「タカラヅカ」とか「ベルばら」というささやきが聞こえてきたが、無視していた。わたしの席はアヤチョからひとつ離れていた。わたしは分厚いパッド入りのブラジャーを愛用していた時期で、いつも「えへん」と胸を張っているようだった。色の濃いリップを塗って、もっとも見場のいい男の子を少しだけ気にしていた。

八時半だったか、八時四十五分だったか、九時だったかが集合時間で、その時間ギリギリにドアが開き、ヤアッと女の子が飛び込んできた。真っ黒いオカッパ頭を先にして、ゴムまりみたいなからだを低くして、突進してきたのだった。

「よかった、間に合った！」

ふーっと息をして、わたしとアヤチョのあいだに座った、と思ったら立ち上がった。

「はじめまして、おはようございます、藤吉駒子です、よろしくお願いします」

ひどく明朗な声とようすで一同に挨拶し、ペッコリお辞儀した。すみずみまで明るく朗らかなその声とようすが、この部屋では調子外れのように感じられた。男の子たちが拙《つたな》い嘲笑を浮かべた。何も言わず、ただ浮かべつづけた。その態度もまたわたしには調子はずれのものに感じられた。わたしは藤吉駒子さんにからだを向けて言った。

「鞠子由紀です、よろしくお願いします」

向こう側からアヤチョも挨拶した。

「綾田香奈《かな》です、よろしくお願いします」

コマちゃんは横断歩道を渡るように、わたしとアヤチョを交互によく見てから、くすぐったそうに肩をすくめた。

「うっそー」

あははと笑ったら、アヤチョがほっとした顔をしたので、どきりとした。今までだって、アヤチョが嫌なことを言い、わたしが冷たく弾き返す場面が何度もあった。緊張感漂う沈黙を救うのはいつもコマちゃんで、「まーいろいろあるよねー」とか「そんなこんなでさー」みたいな、ゆるい話の接《つ》ぎ穂を繰り出して、場の空気を元に戻してくれた。その間アヤチョは表情を変えなかった。淡々としたものだったが、見ようによってはコマちゃんが救ってくれるのを待っていたとも言える。

「わたしたちでよかったかどうかとか、そんなのどうでもいいんじゃない？」

「まーそうだね、どうでもいいね」

「友だちだし」

「うん、友だちだし」

スカートを最後まで見ていって、持丸商会の制服スカートに戻った。九号、十一号、十三号。大山、中板橋、ときわ台と東武東上線の駅名を言うように口のなかで言い、九号のスカートをハンガーから外した。十八歳のコマちゃんが初めて穿いた持丸商会、もとい明けの明星商会のスカートをありがたく頂戴する。

そういうことなら

佐原ひかり

佐原ひかり

さはら・ひかり

1992年、兵庫県生まれ。
2017年、「ままならないきみに」でコバルト短編小説新人賞を受賞。
2019年、「きみのゆくえに愛を手を」で氷室冴子青春文学賞大賞を受賞。
作品に『ブラザーズ・ブラジャー』がある。

家から最寄《もよ》り駅まで、徒歩十分。通る道はいつも同じだ。

夏、その道のりに、さるすべり、夾竹桃《きょうちくとう》、のうぜんかずらと、暑苦しい色合いの花が招待状を受け取った順にひらいていく。学校への行き帰り、それらを目にするたび、わたしはこれからしばらくの暑さを思って、げんなりとする。

普段なら、踊り場に掛けてある絵を眺める程度にしか目をやらないが、今日ばかりは思わず足を止めた。

たちあおいの群生に、ぐっと顔を近づける。身を寄せ合う花々の隙間に、お人形が絡まっている。

リリちゃんだ。

どうしてこんなところにいるんだろう。リリちゃんの定位置といえば、師匠の胸ポケット――風を受け、パンパンに張った帆のような白シャツの胸ポケット――のはずだ。まわりを見渡してみても、師匠の姿はない。

ひとまず、リリちゃんをたちあおいの檻《おり》から救出して、ほつれた金髪を手ぐしでなおしてやる。こうやって触れるのはいつ以来だろう。わたしが小学生、師匠が中学生ごろまではよく遊んでいたが、今ではすれちがっても会釈さえしなくなった。

リリちゃんはこころなしか、ぐったりしているように見えた。服も髪も、土ぼこりでかなり汚れている。上から軽くはたいていき、スカートで手を止めた。

仕立てのいいパフスリーブニットに似つかわしくない、不恰好《ぶかっこう》なスカート。黄色に赤ドットの綿地はかなり色褪《あ》せていて、全体的によれている。ゴム通しをろくにしていないせいで腰からずりおちかけていたり、前身頃《まえみごろ》のすそ幅が左右でまったく違ったりと、これでは、リリちゃんのくびれたウエストやすらりとした脚が台無しだ。

認めたくない、が、わたしがはじめてつくったスカートでまちがいない。この柄には覚えがある。おそろいにしたくて、親が出かけている隙に、自分のスカートに鋏《はさみ》を入れたのだ。ジャキ、という裁《た》ち鋏の鋭く不吉な音。取り返しのつかなさに泣き出したくなる気持ち、完成したときの興奮、母親の鉄拳がまざまざとよみがえってくる。

こんなスカート、まだ捨てていなかったなんて。師匠の物持ちのよさに感動する。もしかして、他の子がつくったものもすべて取ってあるのだろうか。

小学生の一時期、児童館ではリリちゃんのスカートづくりが流行《はや》っていた。きっかけはあまり覚えていないが、きっと児童館の誰かがつくってきたのだろう。もしかすると、館の先生だったかもしれない。気づけば、児童館中の女子がこぞってリリちゃんのスカートをつくっていた。

新作のスカートを渡すと、リリちゃんは胸ポケットからそっと出てきて、そのうつくしい脚を通してくれた。そして、師匠のてのひらの上で、くるりと一回転、回ってみせる。

その最後の仕上げを確認して、いいじゃん、と興奮気味に師匠の背中を叩《たた》くと、彼は両頰をぐっともちあげて、シロイルカみたいに、にこーっ、と笑うのだった。

カンカンカン、とけたたましい踏切の音が聞こえ、我に返る。

道の反対側に移動し、貝殻公園の植え込みをかき分ける。

またあとで、とリリちゃんに声をかけて、ふたまたに分かれた枝に腰かけてもらった。


いつもの電車に乗り遅れたせいで、学校に着いたのはぎりぎりだった。

校門を抜けて、教室に続く階段を走ってのぼりきると、すりガラス越しに丸刈りの集団が見える。

後ろ口に回ったのに、堂坂《どうさか》は野球部の集団から離れ、制汗剤のにおいと共にこちらにやってきた。

「吉野《よしの》、おまえの旦那、今日はスカートだぞ」

こんな朝っぱらからわざわざ確認にいってきたのだろうか。クラスもちがうというのに、連日ご苦労なことだ。その堂坂を見て野球部連中がにやにやと笑っているのもひっくるめてカーッ、めんどくせえ、と叫びたくなる。

隣に目をやると、澤《さわ》やんが小バエを見るような目で堂坂を見ていて、その露骨さに笑いながら挨拶《あいさつ》を交わす。

今年の四月、わたしの高校では制服の自由化が始まった。

自由化というのはつまり、男子はズボンを、女子はスカートを、のしばりがなくなったということだ。

ズボンをはきたがっていた女子たちはよろこび、春休みに事前採寸をすませた子はさっそく始業式からはいてきて、写真を撮り合っていた。男子たちは困惑しながらも、「おまえはいてこいよ」「なんでだよ」と半笑いの材料にして、俺らには関係ないよな、という空気を生み出していた。

ふたつきほど経《た》ち、学年でいちばん最初にスカートをはいてきた男子は、わたしの彼氏の水《み》谷《たに》だった。

「澤やん、終業式って中庭？　講堂？」

「中庭じゃなかった？　そのあとの学年集会は第二講堂だけど」

「信じられん。このクソ暑い日に」

「おい、吉野」

「よしこ、日焼け止め塗っとく？　本城《ほんじょう》ユカがＣＭしてるやつ、昨日買ったんだけど、めーちゃのびる」

「塗る塗る。朝塗ってきたやつぜんぶ汗でとけたわ」

腕を出すと、澤やんがチューブを握ってクリーム状の日焼け止めをぶちゅっ、と出してくれた。はじめは産毛《うぶげ》に白く絡んでいたクリームも、手のひらでのばすと、まんべんなく肌になじんでいく。

「ほんとだ。これ、すんごいのびるね。においも悪くないし」

「だしょ？　ほら、顔にも塗っとけ」

そう言って、頬にチューブをぐりぐりと押しあててくる。ぎゃーやめれー、と叫んでいると、堂坂がついにキレた。

「おい、吉野！　無視すんじゃねえよ」

声をあらげて、怒鳴る。わたしも澤やんもぴたっと黙って、真顔で堂坂を見てやった。まわりもその声の大きさに何事かと堂坂を見る。

急に視線が集まったことにたじろぎながらも、あっ、そうか、とおどけた調子に切り替えて堂坂は続けた。

「おまえ、まちがえたから怒ってるんだろ。旦那じゃなくて、元旦那だもんな。おまえら別れたもんな、先週」

眉毛がうれしそうにひくひく上下している。絶対に持ち出してくると思った。

これも澤やんと組んで流そうかと思ったが、さすがに無視できなかったらしい。

「マジ？　よしこ、水谷と別れたん？」

下敷きであおぐ手まで止めている。おすそわけの風がやんで、汗が噴き出してきた。

どうなんだろうねえ、と言いながら下敷きに手を伸ばす。

水谷がスカートをはいてきてからというもの、とにかく堂坂はうるさかった。どうしてスカートをはいているのかとかみんなにはこういう風に言われているとか今日はクラスの女子とスカート丈の比較をしていたとかこれからおまえたちはどうするのかとか。

秋であれば多少相手をしてやらないこともなかったが、夏はだめだ。毎日死にそうに暑い。堂坂に割《さ》く気力がない。日に日に上がる気温に、しつこさを増す堂坂。

「なあ、どうすんの、別れんの？　別れんのぉ？」と何度も何度も絡まれ、あんたの天職はパパラッチだよ、と思いながら、おうおう、と適当にあいづちを打っていたところに、

「え？　俺ら別れんの？」

と、水谷が通りかかったのが先週のことだ。

間がいいのか悪いのか。ややばつの悪い思いで窓際を見上げたのに、当の水谷は、のんきな口調とすっとぼけた顔で、まるで他人事《ひとごと》だった。牽制《けんせい》のひとつでもしてみせればかわいげがあるものを。腹立つな。

「ありかもね」

引っ込みがつかないのもあって、つめたく言い放ってみる。

すこしくらい動揺するかと期待したが、水谷は「そりゃ残念」と鼻で笑って去っていくだけで、あのときばかりはめずらしく堂坂と意見が一致して盛り上がった。

感じが悪い！

「おーい、そろそろ出ろよー」

廊下から、担任の間延びした声が聞こえてきた。堂坂が動き始めた野球部の集団に慌てて戻っていく。

澤やんが微妙に不安で不満そうな表情を浮かべていたので、道すがら説明する。

なんじゃそりゃ、と澤やんは拍子抜けしたように組んでいた腕をほどいた。

「別れてないでしょ、それは。バシッと言っとくべきだって。あいつ絶対言いふらすよ」

「いやー、そんな意味ないことしてもねえ」

「堂坂にとっては意味のあることなんだって」

「ま、堂坂にしか意味ないことだからね」

意味を理解した澤やんが、きっつー、とこぼす。

堂坂のことは嫌いではないが、先回りして傷つけてやるほどわたしは親切な人間でもない。

「ねえ、ほんとに水谷とは別れないよね」

不意に澤やんが真面目な声で訊《たず》ねてきた。

「あたし、あんたたち二人のことけっこう好きなんだよ。べたべたしないししょうもないこと

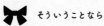

で揉めないしお互いのことわかりあってる感あるし。こういうことでダメになってほしくないっていうか。いや、うん、あんたたちならこういう試練も乗り越えられるって思ってる」

「澤やん、今なに読んでんの」

「ジーナ姫戦記。って、いや、そーじゃなくて、世界救えって言ってるわけじゃなくて」

真面目に言ってんの、と澤やんにどつかれる。わはは、と笑ってクラスの列に向かう。

一学期分の表彰をまとめてやって、校長の話を聞いて、夏休みの諸注意を受けて。

いつもどおりの、死ぬほど暑くてつまんない終業式がとどこおりなくおこなわれていく。

七組の後方を見ると、水谷はたしかにスカートをはいていた。

ひざ丈の、わたしとおんなじ、タータン・チェックのスカート。

澤やんには申し訳ないが、わたしと水谷はむっつりすけべなのでふたりきりだとそこそこべたべたするし、しょっちゅうしょうもないことで揉《も》めるし、お互いのことをわかりあってなんかいない。

現に、わたしは、水谷がスカートをはいている理由のひとつも知らないのだ。

かき氷の食べ放題にいこうという澤やんたちの誘いを断って、家路につく。

致死量食うぞ、と息巻く姿におそれをなしたのが半分、リリちゃんが頭をよぎったのが半分というところだ。

住宅街に入ってすぐ、うずくまって側溝をのぞきこんでいる男の人がいた。ややこしそうなので回れ右をしようかと思ったが、よく見れば師匠だった。ふうふう言いながらカニ歩きで移動して、網目の奥に目を凝らしている。近づくと、いったいどこをどう探してきたのか、という悪臭が鼻をついた。

十中八九、リリちゃんを探している。どういういきさつでリリちゃんがあんなところに放り出されていたのかは知らないが、師匠の意思ではないことは明らかだ。居場所を教えてあげようか悩んだものの、しばらくしゃべっていない相手に声をかけるのは勇気がいる。

あとで郵便ポストに届けてあげよう、と素通りしかけたときだった。

「みかちゃん」

蚊の鳴くような声だった。車が通りかかっていればかき消されてしまうほどの、ちいさな声。でも、たしかにそれは師匠の声で、わたしは足を止めて振り返った。

「リリちゃん、知らない?」

ひさしぶりに聞いた師匠の声は、記憶よりも低く、すこし震えていた。

もう乾いていたが、頬には涙の跡がある。まっしろな額や鼻の頭はいたましく赤く焼け、それでも、蒼白《あおじろ》さは隠しきれていない。

たちあおいの、とか、貝殻公園の、とか、植え込みのあそこに、とか、いろいろ説明しようとして、やめた。今の師匠にたくさんの情報をもたせるのは妥当ではなかった。必要なのは、知っている、と伝えることだ。

こっち、と手招きする。師匠は洟《はな》をずっ、と啜《すす》って、ついてきた。

貝殻公園に着いて、リリちゃんを隠した植え込みに手を入れる。

空《くう》を摑《つか》んだ。

ふたまたに分かれた枝。リリちゃんはそこにいなかった。

おかしい。このへんだったか、いや、こっちだったかもしれない。

上下左右に腕をかきまわす。見当たらない。ひとつ息を吸って、吐く。アスファルトの熱に耐えながら、四つん這《ば》いになって植え込みの下に手を伸ばす。

いない。

わたしが必死になればなるほど、師匠がどんどん不安になっていくのが気配でわかった。

誰にも見つからないだろうと踏んで、ここに座らせたのに。のら猫やこどもたちにさらわれてしまったのだろうか。

待ってて、とだけ声をかけて、公園に入る。

ベンチや遊具の下に転がされていないか、花壇や砂場に生き埋めにされていないか、園内を手早く見て回る。芝生をたどって、木々の幹まわりをうろうろする。業者の草刈り音がバリバリと聞こえてきて、頭を振る。いやいやまさか。そんなスプラッタな。

草いきれのなか、ふりそそぐ蟬《せみ》の声が焦燥に拍車をかける。汗が背中をつたう。背負っていたリュックをおろして、今一度、公園の入り口に戻る。気づけば、師匠もシャツをびしょびしょにしながら園内を探していた。

リリちゃんは、公園のシンボルである、巻き貝のすべり台のスタート地点に行儀よく座っていた。

貝の内側では、潮騒《しおさい》がぼおーっ、と鳴っていて、こどもたちの声や草刈りの音は遠くに聞こえる。漆喰《しっくい》の壁はひんやりとつめたく、吹き込む風もろ過されている。

すずしく、うすぐらく。なるほど、なかなかじょうとうの避暑地だ。

リリちゃんを膝にのせて、螺旋《らせん》にすべりおりた。

リリちゃんと再会した師匠は、さめざめと泣いていた。大粒の涙がすべり落ち、リリちゃんの額や頬を濡《ぬ》らしている。

師匠もリリちゃんも、ひどい恰好だ。今すぐお風呂に入って、清潔な服に着替えたほうがいい。

携帯を取り出して、目当ての人物に電話をかける。終業式の今日、バスケ部の活動がないことは知っている。

四コールほどで、電話がつながった。

今、家にいること。親は仕事でいないこと。

いくつか確認を取って、最後に、風呂に入りにいく、とだけ伝えて通話を切った。

師匠に、いくよ、と声をかけて、駅の方面にきびすを返す。放心しているのか、師匠はおとなしくついてきた。

師匠は財布を持っていなかったので、切符を買って渡す。そこでようやく、身のゆくえが気になり始めたようだ。なにか言いたげに、口を開いては閉じ、を繰り返している。

先に改札内に入る。振り返って、じっと見つめてみる。師匠は迷うそぶりを見せながらも、切符を改札機に通した。

昼日中の電車は空《す》いていたが、ドアの傍《そば》に立つ。砂ぼこりと汗まみれの身体《からだ》でシートに座るのは気が引けた。

抜けるような空の青と入道雲の白とのコントラスト。目に痛い車窓だ。まばゆさに目をほそめる。ほんとうに、いまいましいほど暑い。

乗り合わせた人たちは、会話の合間や携帯から顔を上げる瞬間に、師匠とリリちゃんを見ていた。降り際にさりげなく見ていく人もいた。周りの視線が気になるのか、師匠はだんごむしみたいに背を丸めてちぢこまっている。

わたしは、ふん、とふんぞりかえってやった。

そうだ、もっと見ればいい。その視線のぶんだけ、師匠の生物兵器としての威力が増すのだ、と回らない頭で考える。

駅からさらに十分ほど歩いて目的地に着く。

玄関のインターホンを鳴らすと、水谷が白Tシャツにバスパンの部屋着姿で出てきた。せっけんのいいにおいが鼻をくすぐる。髪もすこし濡れていて、どうも湯上がりのようだ。

わたしは風呂に入りにいくとは言ったが、入っておいてくれとは頼んでいない。

「俺らって別れたんじゃなかったっけ」

開口一番、意地の悪い笑顔で水谷が言った。

そういうのいいから、とだけ低く返す。

そのことについて、ここで押し問答をする気はなかった。なにせ、とてつもなく暑い。わたしも師匠も汗だくで、頭からは湯気が出ており、限界が近かった。

「その人は？」

「師匠。見てのとおり、かなり汚れちゃったから、お風呂に入れてあげてほしい」

師匠の全身がよく見えるよう身体をずらす。

水谷は二、三秒かたまったあと、なんだよ、と肩を落とした。

「親とか風呂とか言うから、てっきりエロいことすんのかと思っていろいろ準備してたのに。それならそうと先に言えよ。俺が風呂入る必要、一ミリもなかったじゃんか」

大仰《おおぎょう》なため息をついて、落胆した様子を見せる。予想、あるいは期待していたものではない。

返す言葉が思いつかず突っ立っていると、どーぞ、とやけっぱちな声で水谷が招き入れてくれた。わたしは、水谷への意趣返しが不発に終わったことを悟った。

室内は、冷房がよく効いていた。

冷蔵庫からつくりおきの麦茶を取り出し、コップに注いだそばからがぶがぶと飲んでいく。師匠にも注いで渡してやった。

「服もついでに洗っていけば？　うちの洗濯機、乾燥機能ついてるし。使い方わかる？」

水谷が状況にまったくついていけていない師匠を手洗い場に誘導する。

「ここに放り込んでボタン押すだけだから。その人形のやつはどうする？　風呂場で手洗いする？」

「リリちゃん」

「え？」

「リリちゃんだよ、その子は」

師匠に代わって、紹介する。

ああ、そうなん、と水谷は軽く言って、で、リリちゃんの服は、と話を続ける。のみこみが早いのが水谷の美点のひとつであり、早すぎるのが憎たらしいところでもある。

「師匠、リリちゃんの服はわたしが洗っとくから。脱がせたら、服だけ寄越して」

師匠に気の毒なことをした、とここにきてわたしは思い始めていた。

快適な空間で水分を補給すると頭が冷えてきたというわけだ。師匠はかわいそうに、麦茶をもって石像のように固まっている。マジで申し訳ない、と心の中で手を合わせる。

師匠とリリちゃんをなんとかお風呂に押し込むと、水谷がぬるま湯を張った洗面器を用意してくれた。手始めにパフスリーブを入れて、しゃばしゃばと泡を絡める。

あぐらをかいて見ていた水谷が、あのさ、と声をかけてきた。

「なに?」

「師匠って、なんの師匠?」

問われて、なんだったかな、と考える。

師匠のことはずっと師匠と呼んできたし、まわりにも師匠と呼ばれていた。そのせいで名前みたいに呼んでいたが、あらためて訊《き》かれると。

「けん玉だ。けん玉の師匠。引くほど上手《うま》いの。玉のほうを持ってけんをぐるぐる回したりさ、いかつい技をバンバン決めちゃって、めちゃくちゃすごかったんだよ」

そうだ。いつもおとなしく、すみで本を読み塗り絵をしていた師匠が、ことけん玉となると、輪の中心で上級者用の大技を大盤振る舞いしていた。わたしたちは技の合格シールがほしくて、師匠を師匠と呼び、教えをこうていた。たまに来てくれるけん玉の先生も感心していて、あの時期、師匠は放課後スターだった。

師匠とリリちゃんは、その頃から一緒だった。

師匠と話した記憶はすくないが、リリちゃんと遊んだ思い出はふんだんにある。たぶん、みんなそうだったと思う。わたしたちは、師匠ともリリちゃんとも仲良くしていたし、「師匠とリリちゃん」ともうまくやっていた。

もちろん、そうじゃない連中もいて、心ないことを言ったり、ときには胸ポケットからリリちゃんを抜き取ってキャッチドールを始めることもあった。

児童館に来ている中学生なんて師匠くらいのものだし、その大柄な体格を活《い》かして力士よろしく張り手のひとつでもかましてやれば悪ガキたちをシメられたろうに、師匠はただぼろぼろ泣いて、右往左往するだけだった。

わたしはできるだけ彼の代わりにたたかうようにしていたが、学年が上がるにつれそういうことは増えていき、次第に師匠の足は児童館から遠のくようになった。

何度かお湯をかえて揉んでいると、だいぶ汚れがとれたようで、パフスリーブは元の白さを取り戻した。黄色のスカートと入れかえる。

「これ、わたしがつくったんだよ」

「すご、いや、けっこう無茶苦茶だな。すごいのかすごくないのかわかんねえ」

「ま、処女作だからさ」

「処女作……」

「アホ」

それしか頭にないのか、と軽く蹴る。水谷は大げさに転がって、大の字になった。

「吉野」

「うん？」

「なんで俺がスカートはくのか訊かねえの」

なにげなく、という風に水谷が言ったので、わたしもなにげなく、う〜ん、とうなった。

「一応訊いたほうがいい？」

「なんだよ、一応って」

「いや、気にはなるけど」

「けど？」

「けど、正直、受け身とりそこねて大けがするのも嫌っていうか」

「正直すぎる」

はは、と水谷が笑う。

「まあ、受け身とるもなにも、そもそも理由を訊いたところで、そっかあ、以外の反応ができなさそうなのよ。わかる？　あんたのことがどうでもいいんじゃなくて、ほんとに、どうでもいい、としか言いようがないの」

うまく言葉にできず身ぶり手ぶりをまじえていると、腕に水が垂れてきて、起き上がった水

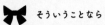

谷がガーゼハンカチで拭ってくれた。

水谷がスカートをはくこと、はいてきたことについて、思うところは、それなりにある。ぶっちゃけ似合ってはいないよな、とか、すね毛は剃《そ》らないかんじなのね、とか、わたしに一言ぐらいあってもよかったのに、とか。

でも、水谷がスカートをはいている理由そのものについては、どう、であってもいい、というか、それは水谷のなかのものなのだし、どうもこうも言えない、というか。

こそあどまみれのつたない説明だったが、水谷が、わかるよ、とうなずいた。

「でも、知ってほしいなら訊く。というか、この際、わたしに言っときたいこととかないの?

実は、あのとき、とか、今後は、とか」

後半、言葉の合間につばを飲まないよう、いたってふつう、を心がけながら訊ねた。

「ないよ。これまでのことも、これからのことも、特に」

水谷はさらっと、きっぱりと言った。そのまま、洗面器を持って腰を上げる。

お湯を捨てるときに広い背中から力が抜けるのがわかった。

水谷がスカートをはいてきてから一ヶ月、わたしたちがこの話題にまともに触れるのははじめてのことだった。

お互い、なんとなく大丈夫だろうなとは思いながらも、様子見ばかり続けて、核心には触れないようにしていた。

すり合わせる、ということは未来をたぐりよせるということで、その未来がかならずしものぞましいものであるとはかぎらない。

わたしと水谷は、おそらく、お互いに対してたかをくくりきれずにいた。

「親もなー、吉野ぐらい適当にしてくれりゃいいんだけどなぁ」

水谷が振り向く。いかにも渋面《じゅうめん》という顔だ。

「おばさんたち、どういう反応だったの？」

「そらもう絶句よ、絶句。俺、親の絶句ってはじめて見たわ。なんだっけ、あの、最近習った、口からなんか出てるお坊さんの像」

「空也上人《くうやしょうにん》像？」

「そうそれ。マジであんな感じで、口から点点点が連なって出るのが見えたね」

想像がつく。森の仲良しくま夫婦といった、善良そうな水谷の両親がぽっかり口をあけているところが。

「そんでさ、その場ではさ、まあ、そういう時代だしな、好きにすればいいさ、なんて言ってたのに、真夜中にぼそぼそ家族会議みたいなことやってんの。かあさんは買ってきた本に受験生かってぐらい付箋つけて音読してるし、とうさんは、息子がたまに娘になるだけだ、とかわけわかんないフォローしててさ。あんな不毛なことなかなかないぜ。ふたりとも仕事あるんだから早く寝りゃいいのにな」

やれやれ、という感じで肩をすくめる。こうやって茶化すことが、彼なりの着地点なんだろう。調子を合わせて、笑う。

おばさんたちの気持ちもわからなくはない。

つまり、とても、ぎょっ、としたのだ。

水谷は、常識とか良識とか、ふつう、を知らない人間じゃない、とすくなくともわたしたちは思っている。そして、男の子がスカートをはくのって、今のところやっぱり、そういうものの埒外《らちがい》にある。はいたらどうなるか、水谷がわからないはずがない。

家族も友だちもおどろくだろうし、彼女であるわたしとのつきあいにだって、支障をきたすかもしれない。好奇の目で見られたり、めんどうな絡まれ方だってする。

おばさんたちは、そういったものすべてを引き受けてでもスカートをはくという選択をした水谷の「裏側」を把握していなかったことにおどろき、あわてて追いつこうとしたのだろう(やや追い越し気味ではあるが)。

水谷には言っていないが、わたしだってそうだった。

あの日、廊下でスカート姿の水谷を見かけたときの、言葉にならない衝撃。澤やんに問い詰められた際には、そのショックを悟られたくなくて、とっさに、さも知っていたかのように、鷹揚《おうよう》に振る舞った。

たった一枚の布なのだ。

リリちゃんのスカートをつくっていたわたしは、そのことをよく知っている。一枚の布を用意し、チャコペンで印をつけ、裁断し、縫い合わせるだけ。脚を囲み、風のかたちに揺れ、それをスカートと呼ぶだけ。

わかっていても、あのスカートは水谷をわたしの知らない水谷に変えてしまう気がする。えびは食べられても、小えびは食べられないこと。タイ米みたいな気持ち悪いゼロを書くこと。本気で笑うと、猫背気味になって肩が上下すること。待ち合わせには電車一本ぶん遅れてくること。身体はへそから洗い始めること。誰に対しても等しく親切で、やさしさを量り売りしないこと。

くだらないこと、ひそやかなこと、秘訣《ひけつ》、かんどころのようなもの、たくさん知っているはずなのに、スカートをはかれただけで、わたしは水谷の目次だけ眺めてわかったつもりでいたのだと、突きつけられた気になる。あれが風に揺れるたびに、あたしはあんたの知らない彼を知っているのよ、とせせら笑っているようにさえ見えてくる。

そのあつかましさに腹を立て、そして、ばかばかしいことに、わたしは水谷がはいているあのスカートに対して嫉妬に近い感情すら抱《いだ》いている可能性がある。

「あの、なにか布を貸してくれませんか。着るものが、なくて」

リリちゃんのはずかしそうな声に、ぱっ、と振り向く。

ポケットを探ってみたものの、汗を吸って湿りきったハンカチしか入っていない。これを渡すのはさすがにしのびない。

悩んでいると、水谷がリビングの戸棚から折りたたまれたランチョンマットとクリップを取り出して、どうぞ、と、手だけ突き出した。そちらを見ないように、きちんと顔をそむけている。

「ありがとうございます」

師匠の、深爪がほどこされた、まるっこい指がそれらをつまんで、脱衣所の奥にぴょっ、と引っ込んだ。


お風呂上がりの師匠はほかほかしていてひな鳥みたいだった。

水谷が用意したオーバーサイズのシャツをぴっちりめに着て、自分の髪などそっちのけで、リリちゃんの髪を丹念に乾かしている。

リリちゃんは師匠の指の腹に頭をあずけて、気持ちよさそうにうとうととしている。

いい光景だ。いつくしむ、という言葉がぴったりの。

自分の大事なものを大事にするって、シンプルなようで案外むずかしい。照れとかプライドとかまわりの目とかいろんなものがまとわりついてきて、うまくできないことのほうが多い。

だからこそ、それがきちんとできている師匠は、いいなあ、と思う。

わたしはこどもながらに、この光景になにか永遠のような、うしなってはいけないものを見《み》出《いだ》していて、それを守るために悪ガキたちとたたかっていたのかもしれない。

師匠が自分の髪の毛も乾かし終えると、室内に沈黙が落ちた。

「師匠は、リリちゃんのこと好きなの？」

突然、水谷が師匠に絡んだ。

師匠の肩がびくりと跳ねる。二、三度どこかを見たあと、首をぎこちなく縦に振った。

「じゃあ、リリちゃんは師匠のこと好き？」

間髪《かんはつ》容《い》れず訊ねた水谷をまじまじと見つめる。

こいつ、なかなかえげつない質問をするな、と思いながらも、答えが気になって見守る。

長い長い沈黙のあと、リリちゃんは、いいえ、とつぶやいた。

「なんで？　師匠、やさしいじゃん。知らんけど」

「……キミタカクンは、だめな人間です。よわいし、デブだし、働いてもいな、いたぁっ」

「タコ！　そんなこと、そんなこと、リリちゃんに言わせるな」

立ち上がって、師匠の白い分け目にチョップをかます。師匠はううっ、とうめいて頭をさすった。

あんたも、と水谷の腕をぼかっ、と殴る。水谷は不満そうに顔をしかめた。

「なんだよ、ちょっとぐらいいじわる言ったっていいだろ」

「はあ？　なんでよ」

「気づいてないだろうけど、吉野、いつもよりゆるくて横柄《おうへい》だよ。俺なんて、まだまだだなあ、ってかんじ」

拗《す》ねたような、とげのある言い方に、思い当たる。

堂坂はスルーのくせに、師匠には妬《や》くのか。そんな必要、これっぽっちもないというのに。

ただ、それはたぶんお互い様なので、なにも言わずにおいた。

これ以上用はなく帰ってもよかったのだが、水谷と師匠はテレビ台に置いてあるプラモデルについて意気投合したらしく、意味不明のカタカナを交わし合っている。

ふたりが話す様子や興奮気味の師匠がものめずらしくてしばらく眺めていたものの、次第にあくびがとまらなくなる。わたしはソファに寝そべって、すこしねむることにした。


夢をみた。

夢だとわかる夢で、水あめのなかで手足を動かしているようなままならなさがもどかしい、スロウな世界だった。

夢のなかで、師匠はけん玉博物館の館長だった。燕尾服《えんびふく》に山高帽という出《い》で立ちで、胸ポケットのリリちゃんも、よそゆきのワンピースに身を包んでいる。

赤い絨毯《じゅうたん》の上には、水谷や児童館のみんな、澤やんや堂坂なんかもいて、その輪の中心で、師匠が、小皿、大皿、中皿、けん先、と目をつむって世界一周をやってのける。わたしたちは歓声を上げて、惜しみない拍手を送る。それを見た水谷が、負けじと見事なピルエットを披露する。はいているスカートには世界地図が描かれていて、水谷が一回転するごとに布地が広がっていく。わたしたちは水谷の回転に合わせ、せーのでジャンプをする。地図はぐんぐん広がっていって、あっというまにフロアを覆いつくす。そうして、布の重さにいよいよ回り切れなくなった水谷を引っこ抜き、わたしたちは素足で世界を踏みつけて、ひかりの上を走り回った。

奇妙にあかるく、ふしぎな夢だった。

目を覚ますと、わたしは肌ざわりのいいタオルケットにくるまれていて、うっすらと汗をかいていた。ミルクと水谷のにおいが心地よく、またまどろみかける。

部屋のあかりは落とされていて、カーテンの隙間から差し込んだ西日が、鉢に光をやっている。水谷は床に座り、ソファにもたれて携帯をいじっていたが、目が合うと、お、と薄く笑った。師匠は自分の服に着替えていて、リリちゃんも胸ポケットに帰っていた。

ローファーに足を入れて、玄関のドアを押す。外はすこし涼しくなっていて、風に夜寄りの甘みを感じる。

夏は嫌いだが、夏の夕暮れのやさしさは好きだ。まぶたを閉じるようにいきなりまっくらになったりしない。昼と夜がお互いをすこしずつ差し出し引き取りして、いちにちを店じまいしてゆく。

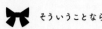

あかるいような、くらいような。ねむっているような、おきているような。

そういった、潮目のようなものを愛しているし、愛していたい。

吉野、と呼び止められて、振り返る。

「また付き合いたくなったら言えよ。俺はいつでもいいから」

ドアを押さえながら、水谷が微笑《ほほえ》んでいる。のどぼとけやシャツの半面がやわらかなだいだいに染まっている。

骨ばった広めの肩幅、すらりと伸びた手足。

なんとまあ、かっこいいことだろう。

ほんとうは今すぐにでも首にかじりつき、エロいことでもなんでもしようじゃないかと言ってやりたかったが、師匠の手前、ぐっとこらえる。

「そのうちね」

思ったよりもつんけんとした響きになった。水谷の微笑みは、苦笑いともつかない、おみとおしだと言わんばかりの笑みにかわり、癪《しゃく》なことだ、と思う。

駅に向かう道を遠回りして、土手を歩く。山の端《は》に、太陽がとろとろと沈んでゆく。師匠の影はずいぶん後ろに見えた。

「あのさ、ずっと思ってたんだけど、その距離感、完全に不審者だから」

立ち止まり、師匠が追いつくのを待つ。

きょとんとした様子の師匠に、つまり、と言葉を継ぐ。

「つまり、隣を歩いて、ってこと」

オーケー？　と訊くと、師匠がうなずいた。歩き始めると、しずしずと三歩下がってついてくる。どうやらヤマトナデシコスタイルが気に入りらしい。ま、いいか、と後ろ向きに歩く。

秋から密輸してきたような風が吹き抜けて、気持ちよさに伸びをした。川からはすこし、磯のにおいがする。

「リリちゃん、きれいになってよかったね」

リリちゃんの金髪が夕日に照らされて、きらきらと輝いている。

ええ、と裏返ったあいづちが返ってくる。

師匠がリリちゃんを、いったい、いつからどういう理由で胸ポケットに入れているのかは知らない。

出会ったとき、すでに師匠とリリちゃんは一緒で、それが当たり前のことだった。

きっと、なにかしら理由とか理屈とかはあるんだろう。おとなの、えらい人たちが、たとえば、師匠の家庭環境とか人間関係とかそういうのを分析しまくったら、しかるべき原因と改善法があるんだろう。

このままじゃ師匠はどこかで働くのもむずかしそうだ。たぶん、結婚も、ちょっと。

お金持ちの家の子だから、今のところ生活に不自由はしていない。でも、おばさんたちが亡くなったあとのことを考えると、師匠とリリちゃんは分析と別離に身を任せたほうがいい。みんなケンゼンでシャカイテキに生きるべきだってそんなこと、もう十七歳だし、わかってる。わかってはいるが、リリちゃんと泣き別れになった師匠のたましいはおいしさをうしなってしまう気がするし、彼らは彼らのままで、どうにかならないものかなあ、と思う。

わたしは、水谷がスカートをはく理由を知らない。

いつか聞く機会もあるだろうが、聞いてもおそらくわからない。

ただ、水谷がスカートをはくということが、師匠にとってのリリちゃんのように、たましいのレシピにかかわるものならば、その配合に手を加えたくはないのだと、わたしはずいぶん前から知っていることになる。

そういうことなら、あとはもう、こちらの問題なのだ。

多少時間はかかるだろうが、わたしが慣れるなり腹をくくるなりしなくてはならない。

わたしが水谷を好きで、水谷もわたしを好きだということ。

水谷がスカートをはくということ。

すこしややこしくはあるが、それらは矛盾も対立もしないのだ。

「あのさ、またスカートつくったげる。昔買った布、使い切れてなくてさ。在庫がやばいんだよね、うち」

明日から、夏休みだ。腕は落ちているだろうが、時間だけはたっぷりある。スカートばかりじゃ飽きるだろうし、夏を越えたら肌寒くなる。冬までにはズボンも一着、つくってあげられるといい。

風の中、ありがとう、というつぶやきが耳をかすめた。リリちゃんにしては低く、師匠にしては高い声だった。今のはどっちだったんだろう、と考えて、まあどちらでもいいか、と思い直した。

くるくる回る

北大路公子

北大路公子《きたおおじ・きみこ》

1963年、北海道生まれ。
2005年、『枕もとに靴　ああ無情の泥酔日記』で単行本デビュー。
作品に『すべて忘れて生きていく』『ロスねこ日記』
『いやよいやよも旅のうち』『ハッピーライフ』など。

私、もうすぐ死ぬんじゃないだろうか。

鏡の端をひらりと横切ったスカートの裾を一瞬目で追い、何千回と思ったことをまた思う。シミの浮いた古い洗面台の鏡、その表面を撫《な》でるように柔らかな布が大きく膨《ふく》らんで、すぐに消える。

私、もうすぐ死ぬんじゃないだろうか。

もちろん、それは馬鹿げた考えだ。存在しないはずのものが目に見えたからといって、人は死ぬとは限らないし、現に私は何十年もあれを見ながら、こうして元気に生きている。たとえ、今ここで倒れて死んだとしても、死因は老衰だろう。

老衰？　さすがにそれはまだ早いか。掌《てのひら》の上で適当に泡立てた石鹸《せっけん》を顔に撫でつけながら一人苦笑し、いや、どうなんだろう、と思い直す。私は来月七十歳になる。普通の七十歳がどんなものか、私にはわからない。誰が見ても、たとえばよく行くコンビニの顔なじみのレジ係や、道ですれ違うだけの小学生や、たまにやって来る宅配業者や、とにかくいつどこの誰に「私いくつに見える？」と訊《き》いても「七十歳」と答えてもらえるような七十歳になりたいのに、正解が見えないままなのだ。

目をつぶり、手探りで蛇口を捻《ひね》る。築何十年かわからない、まあ調べればわかるのだろうけど、そんなことには何の意味もない、とにかく古びた団地の古びた洗面台の蛇口は、捻るたびに「きゅっ」と軋《きし》むような音を立てる。掌に水を受け、顔の石鹼を洗い流した。洗顔用のものではない。いわゆる固形の「浴用石鹼」で、洗顔も入浴も全部これ一つで済ませている。なんなら髪もこれで洗いたいが、一度試したところ爆発でもしたような頭のまま数日を過ごさなければならなくなって、さすがに諦めたのだ。

「そりゃそうでしょうよ」

いつだったか、私の話を聞いたナナヨは笑った。深く開いたブラウスの胸元から白いレースがちらりと覗《のぞ》いている。あれは下着なのか、それともわざわざ他人に見せるためのそういう何かなのか。見極めようと目を凝《こ》らしたが、結局わからなかった。わからないように作ってあるのだろう。

「あたしが普段使ってるシャンプー、あれさあ、今度持って来るから、一度使ってみてくださいよ」

丁寧語とぞんざいな言葉を奇妙に交ぜながら、ナナヨは喋《しゃべ》る。ナナヨは私よりだいぶ年下だ。我が家の狭い茶の間と、さらに狭い台所を行き来しながら、まるで自分の家のようにお茶を淹《い》れ、自ら買ってきた鯛焼《たいや》きを勝手にレンジにかける。

「マチコさん、元はいいんだからさあ」

「元ってあなた、私の元を知ってるの？」

「いえいえ、そういうことじゃなくて」

笑いながら鯛焼きを持った手を振り、尻尾《しっぽ》をちぎって口に入れる。中の餡子《あんこ》から湯気がたち、あちあちと子供のように声に出した。

「白髪《しらが》も染めりゃあいいのよ。若返るし。それともマチコさんってナチュラリストでしたっけ？」

「ナチュラリスト？　何よ、それ？　玄米食べる人のこと？」

私の言葉にナナヨは大きな声でまた笑った。なぜ笑われているのか、私にはさっぱりわからない。七十年近く生きてきて、わからないことばかりだ。

音を立ててきつく蛇口を締め、乾いたタオルを手に取った。強く顔に押し当てると、さっき鏡の中で視界を掠《かす》めた景色が目に浮かぶ。ふわりとしたシルエットと明るく柔らかな色合い。その場で誰かがくるりと回ったように、大きく膨らんで揺れる。その動きをもっとよく見たいのに、いつも一瞬で消えてしまう。瞼《まぶた》の裏で再生されるのは、だから同じシーンばかりだ。花のように大きく広がるスカートの裾。

この部屋に越してきてから、もう二十年以上が経《た》つ。団地の四階。エレベーターはなく、段ボールを抱えて何度も階段を往復する引っ越し業者の若者を、申し訳ない気持ちで眺めた。意味なく「ごめんなさいね」を連発し、誰に訊かれてもいないのに、ここを選んだ理由を心の中で数え上げる。

家賃が安いから。中年女が一人でも借りられたから。少し歩けばスーパーがあるから。駅からは遠いけれど団地前からバスが出ているから。職場まではその駅から電車で二駅だから。心の中で言い訳するように理屈を並べたが、今となってはすべてが「若かったから」で説明がつく。少なくともエレベーターなしの四階に住もうと考えるくらいには若かった。

アレを初めて見たのは、その引っ越しの翌朝である。薄く差し込む朝の光、見慣れない低い天井、垂れ下がった電灯の紐《ひも》、ぼやぼやと淡く陽《ひ》の光が揺れていた。ここはどこだろう。そう思いながらゆっくりと寝返りを打つ。やけに青々しい畳が鼻先に迫り、視線を伸ばした先には不揃《ふぞろ》いな大きさの段ボール箱がいくつも積まれていた。

その瞬間、ああ、そうだった、今日から私はここで暮らすのだ、夫も子も住み慣れた家もこつこつ集めたアクセサリーも値の張る服も靴も全部失《な》くして、この水槽の底みたいな場所で暮らすのだと、堰《せ》き止められた水が一気に流れ込むように思い出した。

絶望にも希望にも似た気持ちが押し寄せる。起きなければ。今すぐ起き上がり、身支度をしてバスに乗り、二駅離れた街の小さな工務店で事務を執《と》らなければ。これから毎日そうやって暮らしていくのだ。

自らに言い聞かせた、その時だ。視界の隅をふいに何かがよぎった。背筋がざわっと粟立《あわだ》つのと、それがスカートの裾だと気づいたのはほぼ同時だった。明るく柔らかな色合いの布地が、埃《ほこり》っぽい段ボールの陰でくるりと一回転し、そしてすぐに消えた。

誰？

無意識のうちに身構える。この後に本体、つまりはあのスカートを身にまとった何者かがぬっと現れるような気がした。それはきっといいものではないだろう。私に馬乗りになり、首の一つも絞めるかもしれない。そうしなくても、少しずつ少しずつ取り憑《つ》いていって、いつかは内側から私を食い殺すかもしれない。年甲斐《としがい》のない考えが次々と頭に浮かぶ。

昔、息子と見たテレビの心霊番組を思い出す。おどろおどろしい音楽に煽《あお》られて、幼い息子が必死でしがみついてきた。短い襟足にくっきりとした盆《ぼん》の窪《くぼ》、首筋のホクロは夫と同じ場所にある。私の胸に顔を埋《うず》め、くぐもった声で息子が言う。

「お母さん、あのお化けは本物？」

「まさか」

若い日の自分の言葉が蘇《よみがえ》った。さっきのあれは何だったのか。誰かいるのかいないのか、いるとしたらそれは人なのか。なかったことにしたいのに、いつまでもその場所から目が離せない。夢にしてはあまりに鮮やかで、現実だとしたらあまりに不合理だ。

しばらくじっとしていたが、結局、本体は現れなかった。その日だけではなく、あれから今日までずっと。洗面所の鏡の隅に、開け放した襖《ふすま》の陰に、ベランダに下がった洗濯物の向こうに、冗談みたいに狭い台所の脇に、時折、思い出したようにスカートの裾がひらりと揺れるだけだ。徐々に恐怖は消え、「もうすぐ自分は死ぬんじゃないか」という気持ちだけが残った。

洗濯機を回しながら、ぶどうパンとコーヒーの朝食をとる。出来合いのサラダをつけようか迷ったが、それすら面倒なのでやめた。

数年前に団地のすぐ目の前にコンビニエンスストアができてから、ほぼすべての食材をそこで賄《まかな》うようになった。昼は主に麺類で、夜はお惣菜《そうざい》やお弁当。自炊がしたければ肉も野菜も豆腐も卵もあるし、飲み物も甘いお菓子も調味料だって揃っている。驚いたことにお米まで売っているのだ。

「だからといって、なんちゅう食生活を送ってるのよー。もうちょっと栄養のこととか考えましょうよー。ほんとにー」

ナナヨに呆《あき》れられたこともあったが、コンビニエンスストアができる前は徒歩十分のスーパーに二日に一度の割合で通ってちゃんと料理をしていたし、その前は毎日仕事帰りに駅前の商店街で食料をこまめに調達していたし、さらにもっと前は別の街の別の店で、それこそ栄養と家族の好みを考えながら買い物をするのが日課だった。毎日毎日、日に三度もご飯を作って食べたり食べさせたりしてきたのだから、そろそろ楽をしたっていいじゃないのよと思う。

それに正直なところ、今は目の前のコンビニへ行くのだって億劫《おっくう》なのだ。四階分の階段を下り、小さなすべり台やブランコのある公園を突っ切り、横断歩道を渡って店へ入り、買い物を済ませてまた四階分の階段を上る。体調や体力がどうというより、その移動がただ単純に億劫だ。あの家だってもうしばらく見に行っていない。

小さなちゃぶ台に、ぶどうパンのカスがぽろぽろとこぼれる。歳《とし》をとったからだろうかと思うが、まあパンなんて誰が食べてもぽろぽろする食べ物だろうとも思う。

六畳ほどのリビングは、このちゃぶ台とテレビ、そして唯一前の家から持ち出した物入れを置くともういっぱいだ。物入れの上には、ペン立てや郵便物や裁縫箱や固定電話や爪切りや帽子。脈絡もセンスもない。ここへ越してきた時、なるべく物を持たずに暮らそうと思っていたが、そうするには恐ろしいほど強い意志が必要だとすぐにわかった。

リモコンを手に取り、テレビをつける。天気予報が見たかったが、どこも疫病の話題ばかりですぐに消した。わずか数か月の間に世界に蔓延《まんえん》した病気は、長く会わない人を思い出させた。あの人はどうしているだろう、あの人は元気だろうか。テレビで語られる病が恐ろしければ恐ろしいほど、今は疎遠になった人の顔が浮かんだ。そのくせ誰にも会ってはだめだという。世の中は理不尽なことばかりだ。

目についたハガキを箒《ほうき》のように使い、パンくずを集める。ハガキは詐欺《さぎ》の人から届いたものだ。私が何かの料金を払わないため、訴訟を起こされるのだそうだ。年寄りの一人暮らしであることがどこかに漏れたのか、この手の勧誘？　勧誘というのも違うと思うけれども、それがとにかくここ一〜二年、一気に増えた。とうに死んだ息子から電話がかかってきたことさえある。

「母さん？」

電話の向こうで妙に掠れた声の男は言った。「俺だけど」

おそらくわざとそうしているのだろう。雑音が多く、声は小さく、とても聞き取りづらい。なるほどこれが噂《うわさ》の手口かと納得し、「ああ……」と頷《うなず》くと、何をどう勘違いしたのか、「息子」が一気に話しだした。

それによると、「息子」は起業した親友の借金の保証人になり、その会社が倒産し、親友は失踪し、取り立てが自分のところにやってくるようになり、とりあえず期限が迫ったものだけでも返そうとしたが蓄えがなく、つい会社の金に手をつけ、一度だけと思ったものが二度三度となり、それがとうとう上司の知るところとなったが、「全額耳を揃えて返せば今回は見逃してくれる」らしい。

よくこんなに手垢《てあか》のついた話を滔々《とうとう》と、しかも嘘《うそ》泣き混じりに披露できるものだわと感心しているうち、なんだか早口で懸命に語る彼がかわいそうになってきた。一体何があったのかは知らないが、こうして見知らぬ女に嘘だらけの電話をかけ続けなければならないのは、やはり相応の事情があるのだろう。本当に誰かの借金を肩代わりさせられているのかもしれない。あるいは本人の借金のカタに強制的に働かされているのかもしれない。もしこれが自分の息子だったら？　考えただけで胸が詰まる。この人にも実の親がいるはずなのだ。

自分でも意外な感情が湧いてきて、気がついた時には、「いくら必要なの？」と声に出していた。電話の向こうでひゅっと息を飲む気配がし、その後、一段と早口になった「息子」が、

「いくらなら出せる？」

とそこだけやけにはっきりと尋ねた。

その「息子」の告げる口座にお金を振り込むところを、止めに入ったのがナナヨである。

思い出すと今でも時々笑ってしまうが、ナナヨはスーパーのATMコーナーで携帯電話を耳に当て機械を操作している私の前に、背後からいきなり手帳を差し出したのだ。手帳には「大丈夫ですか？　サギじゃないですか？　オレオレ言ってませんか？」と殴り書きのようなやけに大きな文字が躍り、驚いて振り向いた私に向かって今度は唇の動きで「誰？　息子さん？」と尋ねたのだった。

赤い口紅を塗ったナナヨの唇。それが別の生き物のように動くのを見ながら、何と答えていいのか言葉に詰まる。息子じゃないけど息子のようにも思えて、相手の言いなりに大金を振り込むつもりはないけどいくらかは送金してもいいかと思っていて、たとえば千円とか二千円とかを送りつけてそれで向こうがはっと我に返って更生するということはないだろうけれども、それでも自分のやっていることに何か後ろめたさのようなものを感じないとも限らないというかこの女の人は誰？　ぐるぐる考えている間にも、携帯電話からは「もしもし？　母さん？

もしもし？　どうしたの？」と慌てた男の声が漏れていた。その電話を指差し、もう一度ナナヨの唇が動く。

「息子さん？」

ゆっくりと首を横に振ると、ナナヨはさっと私の手から携帯電話を奪い取り、

「ちょっと、あなた誰です？　は？　息子？　嘘ばっか言うんじゃないわよ！　本当の息子はあたしなのよ！」

と怒鳴ったのだった。

あの時の剣幕とおかしな台詞《せりふ》は、近くにいた人たちの耳目《じもく》を集め、私たちは逃げ出すように立ち去った。早く現場から遠ざかろうと急ぎ足になり、急ぎ足になりながらナナヨの振る舞いを思い出し、思い出しているうちにお腹《なか》の底から笑いがこみ上げてきて、スーパーの外に出るまで私はクスクス笑い続けた。ナナヨは最初、「ああ、もう」とか「やだわあ」とか「なんなのよ」とか、意味のない言葉を脈絡なく発していたが、やがてつられるように笑いだし、「やだちょっと、あたし、買い物しないで出てきちゃったわよ」と言ってまた笑ったのである。

洗濯物を手にベランダへ出ると、日差しの強さに一瞬目がくらんだ。新しい季節はいつも突然やってくる。季節だけではない。いいことも悪いことも幸福も不幸も突然やってくる気がする。

細長いベランダに一人分の洗濯物を干す。慣れないうちは心許《こころもと》なく思ったものだ。以前住んでいたマンションにはこの倍ほどの広さのバルコニーがあって、ほとんど毎日三人分の洗濯物が並んでいた。夫と私と息子。男物の服は重く嵩張《かさば》り、面倒じゃなかったといえば嘘になるが、それでもあれは幸せな光景だった。私にはちゃんとした家族があるのだと思えた。

「お父さん、お母さん、ぼく」

幼かった息子が干したばかりの洗濯物の間を縫うように歩き、小さな掌が湿った衣類をぱたぱたと叩《たた》いた。

「お父さん、お母さん、ぼく」

「うん、そうだね」

「お父さん、お母さん、ぼく」

「うん、でもやめてお願い、あああ、触らないでー。まだ濡《ぬ》れてるからー」

息子がけたけたと笑う。

ベランダの鉄柵にもたれるようにして、下界を眺めた。下界といってもたかだか四階から見下ろす世界だ。それでも、行き交う人は皆小さく見え、春に見事な花を咲かせる桜の木のてっぺんも眼下にある。遠くに目をやれば山の稜線《りょうせん》がくっきりと見える。今日はよく晴れている。よくも悪くもない景色だと、ずっと思ってきた。誰かを招いて披露したいような景色でもなく、かといって顔をそむけるほどつまらないものでもない。私にふさわしい景色ということだろう。

マスクを顎《あご》に掛けた中年女性が通り、子供を連れた私服姿の男性が通り、どちらも私よりずっと年嵩に見える老夫婦が通る。おそらくは皆、この団地に住んでいる人たちだ。そのほとんど誰とも私は話をしたことがない。それが普通のことかどうかは、やっぱりわからない。

若い母親と小さな女の子が向かいの棟の階段を一段一段上っていくのが見えた。思うように進まず、横にいる母親が少し焦《じ》れているのがここにいても伝わってきた。がんばって。私は心の中で声をかける。そう、あの階段は思っているより段差が大きく、急勾配なのだ。

一年前のちょうど今の季節、私は団地の階段を踏み外して、足をひどく挫《くじ》いた。何かに躓《つまず》いたとか靴の紐を踏んだとかではなく、まるでそこに地面があるかのように足を踏み出し、そして落ちたのだ。これが歳をとるということかもしれない、と思う間もなく足首に激痛が走った。持っていた手提げ袋が信じられないほど遠くまで飛び、自転車置き場の手前に落ちた。自転車を出そうとしていた若い女性が、驚いて駆け寄ってくる。

「大丈夫ですか？」

大丈夫、と言いたいけれど、痛みのあまり返事ができない。

「救急車、呼びますね」

やがてとんでもない音量のサイレンが響き、団地中の人が集まったのではと思う野次馬に囲まれながら、病院に運ばれたのである。

「ご親切にありがとうございます」

救急車に乗り込む直前、痛みと恥ずかしさを押し隠して、自転車の女性にかろうじてお礼を言った。女性は小さく会釈をし、「お大事に」と声をかけてくれた。本当に親切な人だったが、当然ながら親切はそこまでだ。

私は一人で駅向こうの整形外科に運ばれ、レントゲンを撮られ、その画像を見た若い医師に、

「いわゆる捻挫ですね」

と、あっさり告げられた。

「はあ……」

「折れてはいませんから、しばらく安静にして」

「はい……」

「痛み止めと湿布を出しておきますから、角の薬局に処方箋を出してくださいね」

「はあ……」

「では、帰って大丈夫ですよ」

「え？」

あんたは大丈夫かもしれないが、私は全然大丈夫じゃないのだと、昨日生まれたばかりのようなぴかぴかの医師の顔を見ながら思った。ここに担架で運ばれてきたのをあなたも見たでしょう。折れてはいないのかもしれないが、まともに歩けないのも事実なのだ。

「お大事に」

ダメ押しのような言葉をかけられ、なんとか立ち上がろうとする。一度大きくよろけたが、看護師が慌てて支えてくれ、そしてすぐに車椅子を持ってきてくれた。だが、親切はそこまでだ。そのまま待合室に連れられ、名前を呼ばれるまで待つように言われる。

病院は多くの患者でごった返している。世の中にこんなに怪我人《けがにん》がいることに純粋に驚く。その人混みの中で一人、本格的に途方に暮れた。帰るといっても家は遠いし、なにしろあの階段をまた上らなければならない。できるだろうか。頭の中で予行演習を繰り返す。

タクシーを呼び、運転手に手を貸してもらいながら乗り込み、けれども団地の階段は一人で上らなければならない。あの忌々《いまいま》しい段差の階段を四階まで、元気な時でさえ最近は三階の踊り場でいったん休んで息を整える、あの階段を四階まで一人で上るのだ。できるだろうか。できないだろう。できなくてもやらなくちゃ。

膝《ひざ》に載せた手提げ袋を無意識のうちに握りしめる。転んだ時についたものだろう、角が黒く汚れている。見ているうちに、思わず「あっ！」と声が出た。

お金がない。

ちょっと買い物に行くだけのつもりだったので、手提げの中には小銭入れと携帯電話、それに家の鍵しかないのだ。現金は小銭をかき集めても二千円ほど、保険証もクレジットカードも、驚くことにハンカチすらなかった。

これはまったくどうしたもんだか。私はますます途方に暮れた。受付に声をかけてみるが、こういった場合の決まりごとなどは特にないようだった。「ええと、救急車には一人で?」「どなたかご家族の方には来てもらえませんか」そう聞かれるだろうなと思ったことばかりを、案《あん》の定《じょう》繰り返すだけだ。

「家族はいなくて」

「お仕事中ですか」

「いえ、一人暮らしなもので」

「では、お知り合いとかは……」

なぜか責められている気がして、黙り込んでしまう。自分がひどく小さく思えた。理不尽だと感じるが、でもこうしていても確かにどうしようもないのだ。私以上に困惑して見える病院スタッフの前で携帯電話のアドレス帳を開き、私はナナヨの番号を押した。

十分後、ナナヨは文字通り飛んできた。遠くから背伸びをするように待合室を見渡し、車椅子の私を見つけると「マチコさん! マチコさん!」と大きな声を出しながら駆け寄ってくる。カツカツとヒールの音が響き、それが止まると同時にしゃがみこんで、私の手を握った。黒のタイトスカートがずり上がり、太腿《ふともも》が半ば露《あら》わになるのも構わず、

「どうしちゃったんですか? 落ちたの? どこから? 階段? どこのですか? 団地の? どうして! びっくりしたわあ!」

と、猛烈な勢いで喋り続けた。私がなぜここにいるのか、一瞬で待合室の全員に知られてでし

まったことだろう。

「声が大きいわよ」

窘《たしな》めながらも、私にもこうして心配してくれる人がいるのだと、言いふらしたいような気持ちになる。さっきまで困りきった顔で私を見下ろしていた受付スタッフに見せつけたかったが、もう姿は見えなかった。

その後のナナヨの活躍は素晴らしかった。

「ちょっと待ってて」

そう言いおいてどこかへ消えたかと思うと、次に現れた時には既に支払いを済ませ、処方箋をもらい、薬局へ行って薬を受け取り、タクシーを手配して正面玄関に回していた。それに私を乗せ、自分も乗り、団地の入口に横付けさせると、今度はそこから私をほとんど抱えるようにして四階まで上る。むっちりとして見えたナナヨの身体《からだ》は、思いの外筋肉質で力強く、若い頃はスポーツでもやっていたのかもしれない。「何かの選手だったの？」と尋ねようとして、やめた。私を支えながら、上るべき階段を挑むように見上げている彼女に、かけるべき言葉ではないだろう。

「ごめんなさいね。大丈夫？」

「大丈夫に決まってるじゃないの。あたしを誰だと思ってるのよ！」

はあはあと息を切らしながら、ナナヨは豪快に言った。

ベランダへの日差しが一段と強くなり、思わず目を細める。女の子と母親はようやく階段を上り終えて、二階の自宅に入っていった。それを見届けてから、私も部屋へ戻る。薄暗い室内に目が慣れるのを待ちながら、そういえばあの家には物干しはあったかしらと思う。

あたしを誰だと思ってるのとナナヨは言ったが、ナナヨが誰であるかは、私は知らない。

あの「オレオレ詐欺未遂事件」の日、ひとしきり笑った後、どちらからともなく誘い合って近くの回転寿司へ入った。そこでの自己紹介によると、ナナヨは保険のセールスを生業《なりわい》としていて独身、年齢は「おそらくマチコさんの娘くらい」で、家と職場はここから三駅離れたところにあるという。ナナヨの話がすべて嘘だとは思わないが、全部本当だとも思えない。ドキッとするような真《ま》っ赤《か》な口紅や、目の上のべったりした青や、十本全部違う色と柄ではないかと思われる爪や、見え隠れする胸の谷間でもって保険のセールスに歩く人が、この田舎《いなか》にどれほどいるかはわからないからだ。

でも、そんなことはどうでもいい。誰にだって言いたくないことや知られたくないことはあるだろう。確かなのは、ナナヨが見ず知らずの人間を詐欺から救おうとする人間だということだ。

「ほんとはあれ、詐欺だとわかってたのよね」

お茶をすすりながら私は言う。

「ええっ！」

私の告白にナナヨは寿司を食べる手をとめて開きかけていた口を閉じ、再び口を開いて何かを言おうとし、それもまた呑《の》み込み、最後に、

「ひょ、ひょっとしてマチコさん、大金持ちなんですか？」

と中学生のように目を丸くした。


もちろん私が大金持ちなどではなく、少ない貯金と年金でほそぼそ暮らす人間であることは、すぐにナナヨもわかったはずだ。あれ以来、私とナナヨはちょくちょくお昼を誘い合い、あるいは私のこの部屋でどうでもいいお喋りに興じるようになったのだ。ナナヨは捻挫事件の日、帰りのタクシーの中で何度も、

「あたしを呼んでくれてよかったわ」

と言った。「マチコさん一人だったら大変だったわよ」

それは本当にそうだったろうと思う。病院から無事に私を連れ帰ったナナヨは、その足ですぐにスーパーまで走り、夕食の支度をし、常備菜をいくつか作り、それを冷蔵庫に保管し、帰る前には和室に布団まで敷いてくれた。まだ足は激しく痛んでおり、自分一人ではそのどれも満足にできなかったはずだ。ぱたぱたと忙しく動きながら、

「明日からしばらく朝晩顔を出すからね」

「食器は流しに下げてくれれば明日あたしが来て洗いますね」

「救急車呼んでくれた人が誰か探して、とりあえず何かお礼をしておくわ」

「何か欲しい物があればメールで教えて。明日買ってくるから」

矢継ぎ早にナナヨは言い、そしてそのすべてを実行に移した。

ナナヨの善意を私は何度も思い出す。病院で駆け寄ってきた時の泣きそうな顔、階段を必死に上がる横顔、狭い台所で料理をする後ろ姿、立て替えてくれた病院代やタクシー代を受け取る時のなぜか申し訳なさそうな目。もし私に娘がいたらこんな風なのだろうかと、そのたびにぼんやり考えた。

洗面所の鏡に向かって、日焼け止めを塗った。帽子をかぶり、麦茶を一杯飲んでから外に出る。鍵を掛けたところでマスクを忘れたことに気づき、また戻った。このマスクもまだ品薄だった頃、ナナヨがどこからか調達してくれたのだ。

あと一時間で約束の時間だ。ナナヨが訪ねて来る。その前にもう一度あの家が見たいと思った。階段を注意深く下り、公園を突っ切り、横断歩道を渡り、コンビニエンスストアの前を行き過ぎた。大通りを少し歩いて、二本目の角を左に曲がる。車の流れが急に減り、畑がところどころに残る住宅街が目の前に広がった。

あの家のことをナナヨに話したのと、ナナヨから受け取る買い物の釣り銭がいつも足りないことに気づいたのは、どっちが先だったろう。強い日差しが作る自分の影を見ながら、私は考える。

足を痛めた後、ナナヨに買い物を頼む日が続いた。ナナヨは嫌な顔一つせずに引き受けてくれたが、たとえば小さな金額、三百円とか五百円とか、あるいはせいぜい千円とか、その程度の金額が合わないことがよくあった。たいしたことじゃないと思った。私の勘違いの可能性もある。あるいは時々、「あらやだ、自分ちの分の歯磨き粉（もしくはコーヒー豆や納豆や豆腐やソーセージ）も一緒にレジ通しちゃったんだった」と小銭を差し出してくることがあったから、本当にうっかりしていただけかもしれない。

だからあの時も、と私は思う。ナナヨ本人がそう言うように、単にハサミを捜していたんじゃないだろうか。風呂掃除中の私に代わって宅配便を受け取り、生ものだったそれを冷蔵庫に入れようとし、梱包《こんぽう》バンドを切るためのハサミを捜していたんじゃないだろうか。そうして、物入れの抽斗《ひきだし》を開けてしまったんじゃないだろうか。財布や通帳や印鑑や古い家族写真や母子手帳を入れた、かつて息子が「お母さんの宝箱」と呼んでいた物入れの抽斗を。

がさごそと、中を覗き込むナナヨの後ろ姿が蘇る。声をかけると、

「あ、マチコさん、ハサミないわよー」

と、瞬間、顔だけこちらに向けた。声も動作も自然で、慌てる様子は一切ない。

「いやいや、違う違う、そこじゃなくてペン立ての中」

動揺を押し隠して私は答える。なぜナナヨではなく私がうろたえなくてはならないのか。ナ

ナヨは、

「え？　やだ、ほんとだ！　目の前にあるじゃないのお！　もう、どこ見てんのかしらねえ。あたしもいよいよお終《しま》いだわ」

さっと掠めるようにハサミを抜き取ると、そのままばたばたと台所へ戻って行った。

マスクをつけているせいか、額から汗が吹き出す。どこかで犬が甲高《かんだか》い声で鳴いている。遠くで子供の笑い声。額の汗をハンカチで拭いながら、住宅街の狭い道を私は歩く。角をいくつか曲がり、通りを横切る。屋根一面に太陽光パネルを貼り付けた派手な家の前を過ぎたところで、足を止めた。

その小さな家は、すっかり緑に覆われていた。伸び放題の垣根と雑草。赤い屋根を隠すように葉を繁《しげ》らせている名前の知らない大きな木。鉄製の門扉は閂《かんぬき》が壊れて半分ほど開いているが、それもまたほとんど雑草に埋もれている。奥に見える玄関の引き戸には、いつのまにかベニヤ板が打ち付けてあった。

私が最初にこの家を見つけた頃には、まだ人の気配があった。庭木や垣根はきちんと手入れされ、日暮れの早い時期には窓から明かりが漏れていた。散歩を口実に、私は何度もこの家を見に来た。「くまちゃんのいえ」に似ていたからだ。『くまちゃんのいえ』は、息子のお気に入りの絵本だ。赤い屋根の小さな平屋、庭の大きな木の枝にはブランコが揺れている。そこに住む我儘《わがまま》で生意気なくまの女の子が、息子はなぜか大好きだった。

「かわいいねえ」

歌うように呟く息子が愛《いと》しくて、私は繰り返しその絵本を読んだ。

どうしてそんな話をナナヨにしたのだったか、今となっては思い出せない。ただ、見たい見たいと騒ぐナナヨを連れて、渋々この家まで来たのは覚えている。

秋の終わりだった。既に空き家になって久しい家は、屋根にも地面にも大量の枯れ葉が降り注いでいた。うら寂しいその風景を、ナナヨは興味深そうに眺めた。

「中はどうなってるのかしら」

不快な金属音をさせ、門扉を開ける。

「やめなさいよ、不法侵入よ」

平気平気という風に手を振って、ナナヨは進む。玄関脇から回り込んで、庭へ向かう。歩くたびに、ヒールに踏まれた枯れ枝がパキパキ鳴った。それがふいに途切れたのは立ち止まったからだろう。枯れた垣根の隙間から覗くと、ナナヨはやけに神妙な顔付きで、その家を見上げていたのだった。

今、初夏の熱気の中で、私はあの時のナナヨの後を追う。壊れた門扉の間から中に入り、玄関脇を回って庭へ向かった。サンダル履きの素足に草の葉がちくちくと刺さる。草に覆われた不揃いな敷石に、足を取られそうになる。腰の高さまで伸びた草は進路を塞ぎ、一歩進むにも難儀する有様だ。

先週、ナナヨが興奮した様子でやってきた。マスクの上から覗いた目がキラキラといたずらっ子のように輝いている。

「あの家、売りに出たわよ」

唐突にナナヨは言った。言葉を発するたびにマスクが奇妙に膨らむ。

「あの家って？」

「くまの家よ！」

「くまの家？」

反応の鈍い私に焦れたようにナナヨが説明を始めた。ナナヨの保険の顧客が家の持ち主を知っていたこと。元の持ち主は長患いの末に三年前に死んでしまったこと。子供がいなかったため、甥《おい》にあたる人が相続したが、正直持て余していること。取り壊すにもお金がかかり、かといって放っておいても税金は取られ、なにより危険だということ。

「それでね」

声を潜《ひそ》めて、ナナヨは身を乗り出す。「あたしたちにそこを買わないかっていうのよ」

「あたしたち？」

「あたしたち。あたしとマチコさん」

私はぼんやりナナヨを見つめる。なるほどという気持ちと、まさかという気持ちが同時に湧いた。ナナヨは話し続ける。「建物はただ同然。名義は共同にして、ローンを組むのはあたし。

リフォームはしなきゃいけないけど、それにしたって掘り出し物よ。そしたらあの恐怖の階段をもう上り下りしなくていいのよ」

「そんな」

うまい話があるはずがないでしょう。そもそもあなたにメリットがないでしょう。言いかけて、やめた。ただね、と案の定ナナヨは続ける。やっぱり頭金というか手付が必要なのよ。それで、そこだけはマチコさんにお願いできたらなと思って。

マスクで隠れているはずなのに、私にはナナヨの唇の動きが見える気がした。別の生き物のように動く真っ赤な唇。訊いてはいけないと思いながら、導かれるように尋ねた。

「いくら必要なの？」

私の言葉にナナヨのマスクがひゅっとへこんだ。ナナヨが答えたのは、私の通帳に記された残高とほぼ同額だった。

細い枝が半袖の腕を掠めた。小さな虫が頰に当たる。鬱蒼《うっそう》とした草むらをかき分けようやくたどり着いた庭から、あの日のナナヨのように私は家を見上げる。雨戸の閉まった濡れ縁のその奇妙なシミの形。

昨日、銀行へ行き、ナナヨの言う金額を下ろしてきた。ほぼ全財産だ。本当なら売り主を交えて三人で話をするのがいいのかもしれないけど、ほら今はこのご時世だからと、ナナヨは自分のマスクを指差した。だから今日、手付を持って一人だけで先方と会うのだそうだ。

大きくため息をつく。私はあれをナナヨに渡すのだろうか。ナナヨはそれで家を買うのだろうか。それともどこかへ消えるのだろうか。私はまだナナヨを信じるのだろうか。答えの出ない問いを延々繰り返す。

風が吹き、庭の草葉が一斉に揺れた。思わず下を向いた目の端に大きく広がるスカートの裾が見えた。いつもは一瞬で消えるはずのそれが、生地模様も鮮やかに、いつまでもくるりと舞っている。白地に赤のハイビスカスの柄。

ああ、知っている、と思った。私はあれを知っている。若い頃、夫の海外出張土産《みやげ》にもらい、「こんな派手なの似合わないわよ」と照れてみせたスカートだ。五歳の息子が「じゃあぼくがきるよ」と身体にまきつけ、くるりと回ったスカートだ。十六歳の息子が私の留守中にこっそり身に着け、鏡の前で優雅に一回転していたスカートだ。

夜になるまで戻らないはずの母親が、突如目の前に現れた時の息子の表情を、一生忘れることはないだろう。床に散らばった私の服に埋もれるように立ち、おしろいでまだらになった顔をこちらへ向けた。頬だけがきれいなピンク色なのは、チークなどではなく、今まで彼を包んでいた高揚感の名残《なごり》だろう。

様々なことがいっぺんに心に浮かんだ。今日は姑《しゅうとめ》の病院に行ってきた。彼女の病はとても重い。それなのに夫は無関心を決め込んでいる。今日だって病人の要求でレモンのはちみつ漬けをわざわざ取りに戻った。片道三十分。電車は混み、知らない男に足を踏まれた。頭の中はぐちゃぐちゃで、また病院に行かなくてはならないのに、高校生の息子が女装している。

「お母さん」

絞り出すように息子が言った。口紅のはみ出た唇は震え、真っ黒な目元には涙が浮かんでいる。何と言ってやればいいのだろう。何か声をかけてあげなければ。そう思えば思うほど喉が詰まり、そうして私は息子を無視した。はねつけたのでも、叱ったのでもなく、まるでそこに息子がいないかのように振る舞ったのだ。

「お母さん」

息子の声はいつまでも宙に浮いていた。

翌年、息子は家を出た。食卓に残された置き手紙に『僕のことは死んだと思ってほしい』と書かれていたので、彼の望みどおりにしてあげようと思った。夫だけが事態を受け入れず、怒り、悲しみ、やがて私を追い出した。

息子がいなくなった後、クローゼットからあのスカートが消えていることに気づいたのは、自分が出て行く日のことである。それを見て、初めて息子に何と言ってやればよかったのかわかった。簡単なことだ。「かわいいねえ」と、彼が絵本のくまの女の子に言ったように、そう伝えてやればよかったのだ。

強い草いきれの中、スカートは回り続けている。見えない顔が五歳の息子に、十六歳の息子に、そして瞬間ナナヨに重なる。ナナヨ。私はナナヨの顔に息子の面影を探す。細い眉に、愛《あい》嬌《きよう》のある丸い目に、尖《とが》った鼻に。私を運び上げた時、ナナヨの首筋にホクロはなかったか。

もし息子が生きていたら、いつか復讐《ふくしゆう》に来るだろうと考えていた。復讐が大げさなら断罪だ。自分自身をまるごとなかったことにした母親を、あの子は決して許さないだろう。

スカートはまだくるくる回っている。私はあれをナナヨに渡すのだろうか。

スカートを穿いた男たち

——トマス・アデリン「黒海沿岸紀行」抜粋

佐藤亜紀

佐藤亜紀　さとう・あき

1962年、新潟県生まれ。

1991年、『バルタザールの遍歴』でデビュー。

2003年、『天使』で芸術選奨文部科学大臣新人賞を受賞。

2008年、『ミノタウロス』で吉川英治文学新人賞を受賞。

作品に『金の仔牛』『吸血鬼』『スウィングしなけりゃ意味がない』『黄金列車』など。

……カーチの男たちはスカートを穿《は》く。その長さはしばしば踝《くるぶし》に達し、全面に刺繡《ししゅう》が施され、はなはだ美麗で重い。イギリス人ならどれほど体力のある壮丁も歩行に苦労するほどのものであり、豪奢《ごうしゃ》さにおいても重量においても王の戴冠のマントに匹敵する。彼らは丈の長い麻のシュミーズのようなものの上からこのスカートを穿き、上には縫い取りを施したボレロのようなものを着る。腰には必ず、やはり美しい装飾を施した革のベルトを巻く。このベルトの端も長く下がり、必ず湾曲したカットラスのようなものを提げている。シュミーズの下にズボンに類するものは身に着けず、ただ脚半《きゃはん》のようなものだけを巻く。ズボンを穿くことは彼らにとって恥ずべきことである。何故《なぜ》なら、カーチにおいてズボンを穿くのは女に限られているからだ。スカートは重ければ重いほど、長ければ長いほど男らしいとされており、首長の儀式用のスカートは裾を後ろに六フィートほども引くという。

また彼らは髪を腰を越えるほど長く伸ばしている。これも彼らにとっては男らしさの証《あかし》である。彼らはその長い髪に香油を付けて丁寧に櫛《くし》を入れ、しばしば無数の細い三つ編みに編んで、一部を後頭部に結い上げる。その形は意匠を凝らしたもので、貴石やガラスのビーズで飾られる。三つ編みには鮮やかな色糸が編み込まれることもある。髪油も髪飾りも行商人から遠来の物を買う。これは相当な出費になるはずだが、彼らは意に介することがない。カーチに禿《とく》頭《とう》の男はいない。老人でさえ白髪を伸ばし、結い上げている。立派な白髪は非常な敬意の対象となる。

長い髪を背中に垂らし重いスカートを物ともせず馬に跨《また》がる姿は見事である。騎乗の技術は比類ない。鞍《くら》の上から布きれや毛皮を拾い合い奪い合う競技を好む。競馬も好む。彼らは馬を見定め馬を馴《な》らす。ただし、馬の世話は女たちの仕事である。男たちの一日はお互いの髪を梳《す》き合い、結い合い、馬に乗り、競技に興じることに費やされる。

カーチの女たちの身なりは地味である。彼女らは黒や茶の裾の窄《すぼ》まったズボンを穿くが、そのズボンにはいかなる装飾もない。男たちが着るのと同じような、ただし丈の短いシュミーズに、男たちが着るのと同じような、ただしやはりいかなる装飾もないボレロを着る。髪は辛うじて後ろに纏《まと》められる程度の長さしかない。その上から有り合わせの布きれのようなものを被《かぶ》っていることもある。彼女たちは畑を耕し、家畜を飼い、布を織り、衣類を仕立てて男たちの衣裳《いしょう》に縫い取りを施し、その他女が家でする と言われるような仕事の一切をする。作物や織物を町まで運び売り捌《さば》き必要品を買って戻るのも彼女たちの仕事である。家畜や馬まで売り捌く。カーチの女たちは商売上手《じょうず》だと町では言われている。女中に雇うと信じられないほどよく働くとも言うが、数は少ない。得た現金は彼らの家にある素焼きの壺《つぼ》の中に納められる。この壺は彼女らのものではなく男たちのものとされており、必要な時には男たちに乞うて中の金を受け取る。

カーチは概《おおむ》ね一夫一婦制を取っているように見える。見える、というのは、カーチには妻という概念がなく、それどころか女という概念さえないからである。女の代りに彼らは、周辺地域の人々の言語では下女を指す語を使う。それ以外の語はない。一般に家には複数の女たちがいるが、それらの女たちは等しく下女と呼ばれる。強《し》いて区別が必要な時には、子を産ませる下女、俺の兄弟を産んだ下女、同腹の下女、などと言って区別をする。俺を産んだ下女と言う語は注意深く避けられ、また他の男を下女から生まれたと言うことは侮辱とされる。

妻に相当する下女は同じ集落の家から金品で贖《あがな》うのが通例である。この際、評判のいい男の家から多くの金品で贖えば贖うほど名誉なこととされる。下女を贖う際には荷車に積んだ金品を誇示するように運ぶのが礼儀とされている。首長の家の娘を贖う際には数台の荷車を連ねることさえあるという。他の男の「妻」と関係を持つことは注意深く避けられており、発覚した場合その女は殺される。また同様に他家の娘と関係を持つことも避けられており、発覚した場合には男はその娘を贖うか、既に別の女を贖った後であった場合には同額を父親に支払う。そうした娘たちは生涯家に留《とど》まることが殆《ほとん》どだが、家を追われ町で働くこともある。

不義の場合を除き、カーチの男たちは女に執着することがない。女は醜いからである。カーチの男は美しさを重んじるが、それは一般に男性的と言われる美しさであり、我々のように女性の美を嘆賞することはない。彼らにとっての美は、例えば駻馬《かんば》であり、駻馬に跨がった男たちであり、他ならぬカーチの男たちである。キリスト教徒やイスラム教徒は男であっても美しくない。むしろ醜く惨めな生きものと軽蔑されている。そうした人々が住まう町についても同様であり、彼らはそれを汚物溜《だ》めや痰壺《たんつぼ》のようなものと認識している。カーチの男たちに何故女は醜いのかを訊《き》けば教えてくれる。女は小さく、小さいものは美しくない。女は肉付きが悪く、肉付きが悪いものは美しくない。女は非力であり、非力なものは美しくない。女には胸乳《むなぢ》があり、胸乳のあるものは美しくない。女には月のものがある、両足の間から血を流すものは美しくない。つまり女であることの一切は全く美しくなく、それを彼らは一纏めにしてこう言う――スカートを穿かない者は美しくない。

だから彼らは女には執着しない。美しくないものに執着するのは美醜のわからぬ者がすることであり、美醜がわからないことほどカーチの男たちが軽侮するものはない。実際には妻を寝取られれば激怒し、またしばしば若い娘たちは若者と通じて子を孕《はら》んで父親を怒らせるが、カーチの男たちはそこに愛があるとはけして認めない。醜いものを愛するのは恥ずべきことだからである。

以下はカーチの男たちの愛がどのようなものであるかを語る例として、古老から聞いた譚詩《たんし》である。

あたしが十六になった時
殿御があたしを見初《みそ》めました
あたしが草刈りをしている時に
殿御があたしを見初めました

だけど皆様もご存知の通り
カーチの男は女を愛さない

黒い髪は馬に乗った腰に届き
スカートは翼のようにはためいて
手綱《たづな》を絞る様子もなかったけれど
草刈りするあたしに目を留めた
頭を巡らせてあたしを見詰めて
草刈りするあたしに目を留めた

だけど皆様もご存知の通り
カーチの男は女を愛さない

殿御は夜に忍んで来た
母さんも姉さんも一緒の女小屋に
母さんも姉さんも顔を背けて
壁を向いたまま目を瞑《つむ》っていた
殿御はあたしを押さえ付け、
名前を呼んでスカートを広げた
靴は履いたまま、スカートで覆って
殿御は思いを遂げて出て行った

だけど皆様もご存知の通り
カーチの男は女を愛さない

殿御はずっと私を見詰めていた
男たちと髪を結い合いながら
男たちとハンカチを奪い合いながら
目の隅で私を見詰めていた

夜になるとやって来て
スカートを広げてあたしを覆った
何度も何度もやって来て
名前を呼んでは、スカートで覆った

だけど皆様もご存知の通り
カーチの男は女を愛さない

あたしが羊を柵に入れている時
男たちはハンカチを奪い合っていた
あたしの殿御はハンカチを奪い取り
頭上で翻《ひるがえ》して敵から逃れた
黒い髪は背中で波打ちスカートは翼のよう
あたしの殿御は翼を広げる鷲《わし》のよう

だけど皆様もご存知の通り
カーチの男は女を愛さない

殿御はあたしの姿を見付けた
馬はたたらを踏み、殿御は鞍から落ちた
男たちは言った、これはまた何としたこと
カーチの男が下女に目を引かれ
無様に馬から落ちるとは
殿御はものも言わずに近付いてきた
スカートを広げ、髪を靡《なび》かせて

だけど皆様もご存知の通り
カーチの男は女を愛さない

母さんも姉さんも顔を背けて
壁を向いたまま俯《うつむ》いていた
殿御は私の名前を呼んだ
いつも暗闇の中で呼ぶように
それから私の頭を摑《つか》まえ

私の咽喉《のど》を掻《か》き切った

だけど皆様もご存知の通り
カーチの男は女を愛さない

父さんは怒った。何故うちの下女を殺すのだ
私を辱めたからだ、と殿御は言った
それから荷車に金の貨幣と白い麻布
真新しい鞍と小麦の袋を積んで
婚資のように家まで運んできた
母さんも姉さんも顔を背けて
壁を向いたまま泣いていた
殿御はあたしの死体を引き取って
村の外れに塚を作って埋めた

だけど皆様もご存知の通り
カーチの男は女を愛さない

カーチの子供たちは、男も女も区別なく育てられる。男児はまだスカートを穿かないし、女児も男児と同じ膝丈の長いシュミーズを着て、脚には脚半を巻いている。寒い時にはその上に刺し子やカーチの大人が冬にだけ着るような羊の毛皮の上着を着る。いずれも髪を長く伸ばし、同じ年に生まれた女児の最初の一人が初潮を迎えるまでは同じように育てられる。その年齢は概ね十二歳から十三歳であり、日照りや飢饉《ききん》の年には遅くなると考えられている。それまで、子供たちは女小屋で女たちと暮らす。男児も女児も同じように馬に乗ることを覚え、巧みに乗りこなして遊ぶ。ハンカチの奪い合いのような遊びも一緒にするが、傍目《はため》では男児と女児の区別は付かない。

同じ年に生まれた女児の一人が初潮を迎えると、男児はスカートを穿いて脚を覆い、以後、脚をむき出しにすることは恥ずべきことになる。落馬が嘲笑の的になるのは落馬時にスカートが捲《めく》れるからだ。女児は髪を切り、ズボンを穿く。以後、男女は厳格に区別される。最も馬の扱いが巧みだった女児は左足を折られる。女は馬には乗れないことを思い知らせる為である。折れた骨の扱いが巧みな為であろう。跛行する女性はより多くの婚資で贖われる。良い子供を胎《はら》の中で養うと見做《みな》されるからである。娘を贖った男は両親の家を出て自分の家を建て、贖われた娘はその女小屋に入る。

カーチの女たちは利口であり、勇敢でもある。市で家畜を売り捌く時も、騙《だま》されることは滅多にない。それどころか臆することなく商人たちと渡り合い、言葉巧みに値を吊《つ》り上げさえする。何人かは巧みに町の言葉を話し、相手に応じて片言でトルコ語やアラビア語を真似《まね》る者さえいる。市まで家畜を連れて行く時、それは専《もっぱ》ら羊だが、女たちは女刀と言われるごく短い短刀や羊の番をする時に携える革の投石器で武装していて、盗賊に襲われても勇敢に撃退する。子供を育て上げた寡婦や孤児、父親の家に留まることができなくなった娘は町に留まることがあり、多くは改宗して、集落に戻ることなく女中勤めや市の商人の手伝いをしている。彼女らは集落から来た女たちと激しく罵《のの》り合うことがあるが、暴力に訴えることは殆どない。

カーチの男たちは気性が激しく、諍《いさか》いは絶えることがない。原因は名誉の問題が専らで、金銭をめぐって争うことは稀《まれ》である。富は大いに敬意を払われるが、執着は不名誉とされる。故に集落内での盗みは殆どない。あった場合、下手人は首長によって裁かれ、村を追われる。不義が行われた場合、夫は妻を殺し、その死体を抱えて首長に訴える。妻の愛人は集落を追われる。娘が男と通じた場合にも、娘を殺して訴え出ることが名誉とされ、男は集落を追われるが、多くは相手が婚資を支払い娘を引き取ることで解決される。発覚した時には娘が既に子供を孕んでいることが殆どであるからだ。

諍いの裁定が困難な場合は決闘が命じられる。集落の男たち全員が立会人になる。ただし武しい戦いだが、男たちは互いの武器は使わない。男たちが取り囲む中で当事者たちは組み打ちを行う。これは殴り合いを伴う激しいものだが、固めた拳で殴り付けることは認められておらず、掌底で打つだけである。髪を引き毟《むし》ることは認められており、これは非常な恥辱とされる。最初に打ち倒されて脚を曝《さら》した者が敗者となる。異議の申し立ては認められない。

カーチには文字がない。女たちの中には町で見覚えた文字を辿々《たどたど》しく読み書きする者もおり、その文字をカーチの言葉に当て嵌《は》めて書こうとする者もいるが、町で用いられる言葉はカーチの言葉とは共通する部分が多くとも厳密には異なっており、書き起こしからカーチの言葉を再現することは困難である。また、男たちは読み書きを嫌う。老人から若者に、男から男に、口伝で伝えられるから尊重されるので、文字になど起こせば女子供でもよそ者でもかつてあったことを語り、それに基《もとづ》いて裁定を下せることになってしまう。従って、彼らには年代記さえない。ただ伝承と慣習だけがある。

その伝承によれば、かつてカーチの間では無法状態が横行していた。家と家、集落と集落が啀《いが》み合い、殺し合いが絶えなかった。誰かが殺されればその家の者は復讐《ふくしゅう》し、復讐された者は復讐で応え、それが百年以上も続いたこともあったという。飢饉の年には馬に跨がって押し掛け、男は皆殺しにし、財物を奪い、家畜と女を略奪することは当り前であった。ある賢明な首長が他の首長を集めて諭すまでそれは続いた。

我らがスカートを翻して駆ける姿には
跨がる駻馬の威容さえ霞《かす》む
天と地の間の最良なる者
馬を馴らし大地を踏みならせと
雷が大地を孕ませて生まれた我らが
争い血を流し倒れ伏して
大地の腹に還《かえ》る姿を見れば
天なる雷の神の嘆きはいかほどか

首長たちは涙を流して過ちを悔い、カーチの男は決してカーチの男を殺さない、と誓いを立てた。裁きの場で武器を使わず、科される一番重い刑が追放なのはその為である。集落同士の争いでは武器が使用される。ただし、斬り合いになったとしても男を殺すことは原則としてない。外形を損ねることも忌避される。顔に長く残る傷を与えることは不具にすることと同じくらい忌まわしいとされており、過失ではなかった場合には追放されることもある。代りに殺すのは女である。

女は男ではない、とカーチの男たちは言う。伝承では、雷が大地を孕ませてカーチの男たちが生まれた後、種を植えて育て上げる為に大地が自らを捏《こ》ね上げて与えたのが女であるという。女たちは男が与えた種を胎内で育んで男児を産み、自分たちの中から捏ね上げて女児を産む。だから、土地を奪い荒らして馬や家畜が草を食《は》むことができなくするように、女を毀《こぼ》って男たちの種を育てることができなくすることは、この誓約の中には含まれない。

カーチの集落に城壁はない。分厚い土壁に屋根を載せた母屋と、家畜小屋に接続された女小屋があるだけである。集落の戸数には大小があり、大きい場合は数十戸が広場を囲むように、小さい場合は数戸が道に沿って母屋を並べ、その後ろに家畜小屋と女小屋がある。

襲撃が予期される場合には、女たちと家畜は夜の間に逃がす。女たちは家畜を連れ、持てるだけの金品を持って逃れる。スカートを穿く年齢以上の男たちは集落を守り、戦闘が行われる。ただし殺すことはなく、相手がひどく出血したり殴られたりして抵抗することができなくなるか、戦意を失うかするまで争うだけである。結果として勝敗が決するには時間が掛かり、最長で三日掛かった例が知られている。寄せ手が敗北した場合にはそのまま去る。村を守る側が敗れた場合、男たちは広場や家の前の道に集められ、村を捨てて出て行くように言われる。異議を唱えることは許されない。彼らは近隣の集落に逃れるか、受け入れられない場合は盗賊になる。家は全て焼き払われる。

その後、寄せ手は女たちを追跡する。女たちは大抵近隣の集落に逃げ込む。その場合には交渉することになるが、引き渡されることは稀である。山に逃げ込むこともある。カーチの男たちは木立の中では身動きが取れない。女たちが反撃した例もあると言われるが、男たちは語りたがらない。女に殺されることは彼らにとって想像を絶する恥辱である。男を殺した女は絶命するまで水に顔を浸《つ》けて罰する。女たちの逃げ足が遅いか、近隣に逃げ込むところがないと彼らは追い付いて、男児と妊娠した女だけを残して皆殺しにする。妊娠した女を殺さないのは、腹の子供が男か女かが産まれるまでわからないからである。妊婦は子供を産み落とすまで養われ、女児を産んだ場合は生まれた子供と一緒に殺される。男児を産んだ場合には乳離れまで養われ、その後は殺される。男児たちは里子に出される。

町に逃れて生き延びた女の証言が書きとめられている。

わたくしは十三でございましたが、同じ年の者の誰も月のものが来ておりませんでしたので、まだズボンを穿いておりませんでした。その頃、村の若者の一人が少し離れたところにある村の娘を見初め、人の目を盗んで通うようになりました。やがて娘の腹が大きくなったので、父親は娘を折檻《せっかん》して若者の名前を聞き出し、主立った何人かの者と交渉に来ました。婚資で娘を贖うよう促す為です。若者は自分は腹の子の父親ではないと答え、娘の村の者数人の名前を挙げて侮辱し、若者の父親もまた婚資を出そうとはしなかった為、娘の父親たちは呪詛《じゅそ》を残して立ち去りました。

ある夜、父が女小屋まで来て、その村の男たちが攻めてくるから家畜を連れて逃げるように言いました。そこで私は母を手伝って壺の金を袋に入れ、羊と山羊《やぎ》と犬、それに畑に使う駄馬を連れて村を出ました。姉二人と、隣家に嫁いだもう一人の姉も一緒でした。隣家は物持ちでしたので、駄馬に引かせた荷車に荷と七十になる姑《しゅうとめ》を乗せておりました。私たちは皆で一緒に出発しました。村の女ばかりで四十人はいたかと思います。

月が沈んだ後でしたが、見張っている者がいてはいけないので、私たちは話をせずに進んで行きました。途中からは一番上の姉を駄馬に乗せました。姉は足を折られた女で、妊娠していて、歩くのが辛《つら》かったからです。荷物を抱えた者や年寄りは遅れがちで、そのうちにいなくなってしまいました。夜明け前に村の方で火の手が上がって、それでまた大勢が何もかも放り出して逃げてしまいました。わたしたちも家畜を放すことを話し合いましたが、今ではこれだけが財産であることを考えて、連れて行くことに決めました。追って来た者は遅れた者を集め逃げ去った者を探し回っていて、まだ追い付いてはいなかったのです。

分かれ道まで来たところで夜が明けました。遠くの集落まで行くと言った人たちもいたのですが、母が説得して、皆で一緒に山まで行きました。道を歩いていたらすぐに捕まっていたことでしょう。一緒にいたのは、家の女たちの他はほんの数人だったと思います。山に難を逃れて、余所《よそ》の集落に行くなら彼らが諦めてから行けばいい、と母は言いました。姉たちは山越えをしてキリスト教徒のいる町へ行く話をしていました。そこで私たちは山を登り、少し平らになったところに枝で囲いを造って家畜を犬と一緒に放し、自分たちは囲いを見下ろす洞窟に隠れました。交代で羊の番をする者を決め、少し離れた岩の上に見張りを立てました。

その日、それは三日目のことでしたが、私が羊の番をし、姉が岩の上で番をしていると犬が吠《ほ》え始めました。攻めて来た男たちの一人が木立の中を徒歩で登って来るところでした。長いスカートを穿いていては、馬で登って来ることはできません。姉は石を投げ落として男を昏倒させ、倒れると岩から下りて来て、女刀で咽喉を裂いて殺してしまいました。

他の男たちも、その後を登ってきました。私たちは逃げ去りましたが、驚きと嘆きの声は聞こえました。私と姉は洞窟に行って、男たちが来ると知らせましたが、その時には彼らは入口のところまで来ていて皆を一人ずつ外に引きずり出し、助かったのは私だけでした。母が岩棚の奥に隠しておいてくれたからです。

男たちは柵の囲いを壊し、犬を殺し、羊も山羊も一頭残らず連れ去りました。母たちも一緒に連れて行かれました。見付からないように後を追って行くと、彼らは山を下り、木立から出て、来る時にも渡った小川のところで足を止めました。歩いて渡れる位の小川でした。母たちはそこで手ひどく打擲《ちょうちゃく》され、立つこともできなくなったところで一人ずつ、髪を摑《つか》んで頭を川の水の中に押さえ込まれて殺されました。他の女たちも殆ど捕まって、殺された後のようでした。

町に住むようになった女たちはこうした自然に反する慣習を嫌うようになり、カーチの男たちのところには帰ろうとしない。改宗も洗礼も喜んで受ける。そうすれば、雷神を始めとする様々な自然の神を崇《あが》めキリスト教徒やイスラム教徒を蔑んでいるカーチの民のところには二度と戻らずに済むからだ。衣類もイスラム教徒ならイスラム教徒のように、キリスト教徒ならキリスト教徒のように改め、ズボンを穿きたがることはない。市で罵り合うのはこうした女たちと、カーチの集落から来た女たちである。町の女たちは集落の女たちの惨めな有り様を嘲笑し、集落の女たちは町の女たちのスカートや色味のある衣裳をまるで男のようだといって罵る。どれほど貧しい質素な身なりも、彼女たちには贅沢《ぜいたく》すぎ女らしさに欠けるように見えるのである。町の女たちは被り物をかなぐり捨て髪を解《ほど》いて集落の女たちに振って見せることさえある。集落の女たちは金切り声を上げて非難する。先祖代々の宗旨を捨てた男気取り、というのがその趣旨だと言われている。

カーチの男たちは町には現れない。また、現れても歓迎はされない。彼らが現れることは確実な災厄の前兆である。

若いカーチの男女が町に現れたことがある。彼らは私が寄留する商人の家の中庭に連れて来られた。きらびやかな身なりの逞《たくま》しい若者も雉《きじ》の雌のように地味な娘も、顔はまだ子供のようで、カーチには珍しく、私の目には当り前の恋人たちのように見えた。市から言葉の良くできるカーチの女が呼ばれて来た。

若者は町から十リーグほど離れた集落からやって来たと言った。娘も同じ集落の娘だった。子供の頃からの知り合いで、若者がスカートを、娘がズボンを穿き始めた三年前から通じて言い交わしたが、父親には多くの息子がおり、娘を贖うことができなかった。若者は村を出て盗賊になり婚資を得ようと考えたが、一人で行く勇気はなかった。若者たちが何人かで連れ立って村を去ることは稀にはあるが、一人で行く者はいない。そこで娘が町に行こうと言った。そうすれば彼女が働いて二人で暮らしていくことはできるだろう。だから夜、家族が寝静まってからこっそり抜け出してきた、住み込みで働く先はどこかないだろうか。

商人は難色を示した。可哀相《かわいそう》だがカーチの駆け落ち者を匿《かくま》ったりすれば、集落の者が奪い返しに来て大変なことになる。それに、娘の方なら女中奉公の口もないではないが、若者の方はどうするのか。二人とも返答できなかったので、今夜は一晩泊まりなさい、と言って部屋を与えた。それから市の女に耳打ちした――あの二人の村の者が今日は来ていないか。その村ではないが隣村の者はいる、と女が言うと商人は、では礼はするので、こういう二人が来ている、明日の朝まで身柄は押さえているので迎えに来るよう伝えてくれと頼めないか、と言って金を渡した。

翌朝早く、商人は若者と娘を町の門まで運ばせた。娘の方は抵抗したが、若者はぐったりしていた。前夜酒を飲ませたので泥酔していたのである。門を開く時間には、双方の父親がそれぞれ何人かの男たちを率いて門の前に待っていた。

それは実に見事な一群だった。私が旅をして来たどんな土地にも、どんな祭りの日にも、これほど美しく装った男たちは見掛けなかった。女たちが丹精した縫い取りに覆われたスカートは馬の胴を覆い、若いとは言えない男たちさえ油に濡《ぬ》れた髪を鞍まで垂らし、揃《そろ》って見たこともないほどの驛馬に跨がっていた。カーチの馬は高値で取引されるのだと商人は言った。カーチの男たちは動けないよう布で巻かれた若者と娘の顔を確かめてそれぞれ引き取り、ぐったりした若者と暴れる娘を鞍の後ろに乗せると走り去った。それもまた見事な姿だった。あれほどの騎乗は見たことがない、と私は言った。商人はため息を吐《つ》いた。それはまあ、見映えはするでしょうよ、と言った。「見映えはするんです。他のことは何もしないんですから。身ごしらえと遊びと内輪揉《も》め以外は。他のことは何もしない。全く何にもできない役立たずです」

スカート・デンタータ

藤野可織

藤野可織《ふじの・かおり》

1980年、京都府生まれ。

2006年、「いやしい鳥」で文學界新人賞を受賞。

2013年、「爪と目」で芥川賞を受賞。

2014年、『おはなしして子ちゃん』でフラウ文芸大賞を受賞。

作品に『ドレス』『私は幽霊を見ない』『ピエタとトラジ〈完全版〉』『来世の記憶』など。

変化は突如として起こり、ぼくたちはそれをなかなか受け入れることができないでいる。

ある朝、平和な朝、静かで、しかしたくらみに満ちた楽しい、共感と仲間意識の朝、ぼくたちが唯一孤独から逃れることのできる朝に、それははじまった。ぼくたちはいつものように電車に乗り込んだ。満員電車だ。満員であることはぼくたちにとっては妨げではない。むしろ励ましだ。ぼくたちはいつも互いを見つけ出してはほんの一瞬だけ目を合わせ、すみやかにポジションにつく。思い思いのポジションにつき、ひとりひとり自由にふるまうときもあれば、示し合わせてフォーメーションを組むこともある。その朝、彼がどうしていたかはわからない。たぶんひとりだったのだろう。そうでなければ、犠牲者はもっと出ていたはずだから。

人々の熱い頭部で埋まった車両内で上がった彼の悲鳴は、しかし、はじめは悲鳴とは受け取られなかった。それは、「あれ?」に近い声で、決して大声というわけではなかった。「あっ」に近かったという意見もある。はたまた、「えー」という困惑のつぶやき、「わあっ」という不満げな抗議の声だったとも言われる。

それから、加害者である女子高生が声を上げた。それは「きゃー」でも「ぎゃー」でも「いやー」でもなく、ましてや「大丈夫ですか」でもなく、「うっわ」という声で、しかもたいへぼくたちがその声は、ただただめんどくさそうなその声は、ぼくたちが女子高生から引き出したい声とはかけはなれていた。ぼくたちは彼女の人格を疑う。目の前でひとりの人間が、見知らぬ人とはいえあんな目に遭っているというのに、しかも彼女に責任がないとはとうてい言えない状況であるにもかかわらず、野太い「うっわ」が第一声だというのはあまりにも冷酷ではないだろうか。

しかし、そのあとはまさに阿鼻叫喚《あびきようかん》だった。被害者である彼は苦痛に泣き叫び、加害者である女子高生も「え？　なに？　なんで？」と混乱の叫びを上げ、まわりの無関係の乗客たちはこれ以上ないほどの満員電車だったにもかかわらずさっと彼らから円状に距離を取り、噴き上がる血に気づいた者たちから悲鳴を上げ、血飛沫《ちしぶき》を避けようと身をよじり、逃れようとして転倒し、血に気がつかない者たちも事態を飲み込めないまま恐怖にかられてやはり悲鳴を上げ、逃れようとして転倒し、そしてそれは渦中の彼から離れたところにいたぼくも同じだった。

ぼくにはなにが起こっているのかわからなかった。けれど、不思議な霊感に打たれ、仲間が災難に見舞われたのだということがわかった。そうだ、仲間だ。彼は、数分前、この車両に乗り込むときに目配せをし合った相手ではないかもしれないが、仲間にちがいなかった。ぼくには、彼がなにをしようとしていたかわかっていた。この手に、彼の触った女子高生の野暮ったくて埃《ほこり》っぽいスカートの生地の感触、そのむこうに確実に存在する脂肪分の多いせいで冷えた尻の感触が、まざまざと感じられた。ぼくも同じとき、同じ感触をじかにこの手に得るはずだった。ぼくの手は実際、ぼくの前に立つ女子高生のスカートまであと数ミリのところにあったのだ。この手に馴染《なじ》みのその感触が得られる寸前で、騒ぎが起こったのだ。

ぼくは恐慌をきたし、右手首をしっかりと左手で握りしめて胸に抱きながら被害の現場に背を向け、少しでも遠くへ行こうとした。電車が駅にたどりついてドアが開くと、ぼくは満員の乗客の大きなうねりとともに吐瀉物《としゃぶつ》がぶちまけられるようにホームへ転がり出た。

「あの男の人、手首がなくなってたよ」と誰かが言った。恐怖に震える声だった。手首？　ぼくは自分の右手首をさらにしっかりと胸に抱いた。

「なんてことだ」

「ちぎれたんだ」

「ああ血が」

「血があんなにいっぱい出て」

「でもちぎれた手首はどこ？」

やっぱりそうなんだ、とぼくは思った。深い喪失感にぼくは蒼白《そうはく》になり、息も絶え絶えだった。まるで自分の手首を失《な》くしたみたいだった。自分の左手のなかに右手首があるのが信じられないくらいだった。みんなが逃げてしまったあとの車両にたったひとり残され、まだじりじりと広がっていく血溜《ちだ》まりに倒れ込んでいるはかない呼吸の男。見もしないのに、ぼくの頭にはその光景が焼き付けられていた。右手首を失った瀕死《ひんし》のその男は、ぼくの顔をしていた。ぼくじゃないけど、あれがぼくでもおかしくはなかった。ぼくでなかったのは、ただの偶然だった。だから、あれはぼくなのだ。

そのとき、「あっ、あの女だ」という憎しみの声が上がった。その声は人差し指のかたちをしていて、ぼくは声を上げた人物を見もしなかったし、その人物がどの方向にいるのかすら捉えることができなかったのに、その声が言っているのがどの女なのかははっきりとわかった。

「あの女だ、あの女がやったんだ」ぼくも憎しみを込めて叫んだ。その女とは、ぼくが出たのとは別のドアから出て、ホームで四つん這《ば》いになって吐いている制服姿の女子高生だった。スカートからはみでた別に細くもないふくらはぎのソックスに、血のしたたったあとがあるのが証拠だった。白いコンバースも血でずくずくになって脱げかかっていた。その女子高生は、肩にかかるくらいの暗い重たい髪をした地味な女だった。隣に、中腰になってハンカチで彼女を介抱しようとして結局とくになにもできないでおろおろしているだけの、ジーンズ姿のさらに地味な年増《としま》の女がいた。

「そうだ、そいつだ」群衆のなかから仲間たちの賛同の声が上がった。

「なんてことをするんだ、この凶暴女が」

「過剰防衛ってのを知らないのか」

「いや、傷害だ」

「殺人未遂だろう」

「殺人未遂だって？　殺人だ」

「そうだ、殺人だ」

「この人殺し！」

「人殺し！」

声が上がるごとに怒りが増幅し、ぼくも夢中で叫んだ。

女子高生が顔を上げた。もつれた髪の毛のあいだからのぞく細い目、過剰に丸い頬、団子鼻にげろで汚れた口元。ブスだった。ブスのくせに。怒りと憎しみが最高潮に達し、もうこれはつかみかかるしかなかった。

しかし、ぼくの真横にいる若い男の、驚きに見開かれた目がぼくを押しとどめた。彼はほとんど体ごと、まともにこちらを向いていた。ぼくははっとしてあたりを見回した。男も女も含めて何人かが、そのようにしてぼくを見張っていた。なかには、あの加害者の女子高生と同じ制服を着た女の子たちもいた。彼女らの一部がぱたぱたと加害者のところへ駆けより、彼女を助け起こし、彼女を隠すように立ちはだかった。

ぼくは黙った。同様に、仲間たちの声も小さくなっていく。さいごに、誰かが苦しそうに言った。

「そいつのスカートが手首を食いちぎったんだ、おれは見たんだ……」

スカート？

ぼくは女子高生たちのスカートを見た。見慣れ、触り慣れたスカートを。重そうに見えるけれど意外と軽くて、たいして価値のない、べつにどうってことないだらしない尻とふとももに覆いかぶさっているだけの、無害な布切れを。居並ぶスカートの下から、ごつごつした膝小僧ががくがくと微妙に高さを変えて連なり、こちらをにらみつけている。みにくい膝小僧だった。それらの膝小僧のほうがよほど脅威だ。スカートなんかになにができるってんだ。

しかし、それは本当だった。駅員が駆けつけ、警察もそろそろ到着しそうだったので、ぼくは駅を離れ、タクシーで会社へ行った。タクシーの車内で、ぼくはＳＮＳをチェックした。すでに、××駅で女子高生のスカートが痴漢の手首を食いちぎったというツイートが複数見られ、そんなことあるわけがないという嘲笑や苦笑や困惑とともに拡散されつつあった。しかし、それは本当だったのだ。

会社に着いてまもなく、そのことがニュースとなって流れた。その時点ではまだスカートについての言及はなかった。ぼくは自分のスマートフォンに表示されたニュースの文字をじっと見つめた。〈今朝８：19ごろ、△△線の車内で男性会社員（34歳）が女子高校生の体に触ったところ、刃物のようなもので手首を切断され〉〈なお、手首は見つかっておらず〉〈女子高生は無関係と見て捜査を進めている〉無関係だって？　そんなわけがない。ほかに誰が彼の手首を切断するというのだろう。そうだあの女、刃物を隠し持っていたんだ、そうに決まっている。

ぼくは納得した。おそろしいことだ。いったい手首と凶器をどこにやったんだ？　まったくとんだサイコパスだ。ＳＮＳで、加害者の女子高生の名前が特定された。ポリティカルコレクトネスに頭をやられた偽善者たちの蚊柱みたいな猛抗議ですぐにそのツイートは消されてしまったけれど、ぼくは見た。見て、侮蔑の笑いを漏らした。青木《あおき》きらら。ブスのくせに青木きららだって。こんなことをしでかしやがって、こいつ、一生結婚できないぞ。15か16で人生を棒に振ったんだ。結婚どころか、一生処女かもな。青木きらら。ぼくは顔を引き締め、その名前をしっかりと胸に刻んだ。手首を失くした彼のために。ぼくのために。ぼくらのために。

この日、ぼくは残業だった。もともと残業が多い職場なので、ぼくは朝の通勤時にしか自分にノルマを課していない。たまたま定時に退社できて、帰宅途中の大勢の女子高生たちと満員電車に乗り合わせたときも、めったに触りには行かない。だから二人目の犠牲者が出たときは、それを平静に受け止めることができた。そうだ。二人目の青木きららが現れ、夕方の満員電車でぼくの見知らぬ仲間のひとりの手首を、いや、今度は肘から先を切断したのだ。切断された腕は、やはり発見されなかった。ＳＮＳには「スカートが痴漢の腕をむさぼり食ったのを見た」といった写真つきのツイートが出回った。その写真からは、女子高生の紺色のスカートがまくれあがってたしかにその内側に歯のような白いなにかが並んでいる様子が見て取れたが、残念なことにひどくブレていたし、だいいち、いまどき写真に細工してそういった画像をつくることは難しくないだろう。ぼくは何度もその写真を拡大して見てみた。その歯らしきものは、ぼくの口の中におとなしくおさまっている歯とはちがい、子どもの拳ほどの大きさがある。スカートの裾全体が巨大な顎だとしたら、たしかにその顎にふさわしいサイズなのかもしれないし、そんな顎なら成人男性の腕を手首や肘で切断することも可能だろう。そこまで考えて、くだらないと自分を笑った。そんなことがあるわけがない。これはテロだ。女どもがテロを起こしたのだ。

しかし、スカートだった。事件は連日続き、慎重派のぼくは朝のルーティンをこなせなくなっていた。ぼく以外の勤勉な仲間たちの手が、腕が、ときには性器が、毎日のように失われていた。血塗られた日々だった。第二、第三の青木きららは、そのあとにも次々と現れ続ける青木きららたちは、入念な取り調べにもかかわらず誰ひとりとして凶器を持っていなかった。スカートも調べられた。ただのスカートだった。けれど、被害者本人たちの証言や周囲の目撃証言を合わせると、瞬間、スカートの内側ににょっきり歯が生えて被害者の体の一部を食いちぎり、そのまま嚙《か》み砕いて飲み込んでしまったとしか考えられなかった。飲み込んだ？　いったいどこに？

ついに警察がマネキンの腕を使って実験をおこない、この仮説が正しかったことが証明された。スカートたちは異常な早技で骨を嚙み砕き、筋肉を嚙みちぎり、肉を飲み込み、血を飲み干すと、軽いげっぷをひとつする。そうするともう次の瞬間から、もうすんとしてごくふつうのスカートだった。穿《は》いている女子高生自身がやさしく裾をまくり上げて歯を見ようとしても、そこにあるのは裾布の処理跡だけだった。噛み砕かれ飲み干されたものの行先は不明だった。

女子高生たちが、女子高生だけではなく女子中学生たちが、女子大生たちが、さらには30代かそれ以上の年齢に達しているであろうババアたちまでが厚かましくも、異様に堂々としはじめた。歯を持つのは、女子高生の制服のスカートだけではないことが明らかになりはじめていた。すべてのスカートが、痴漢に対して文字通り牙を剝《む》いたのだ。

責任の所在を求めてファッションデザイナーたちが批判されたこともあったが、彼ら・彼女らにとってもこの現象が徹頭徹尾謎であったことで、すぐに下火になった。しかし、期せずしてファッションデザイナーたちが人でなしであることが明らかとなった。なぜなら、彼ら・彼女らは自分たちがデザインしたスカートたちの血みどろの蛮行に、少しも心を痛める様子がなかったからだ。いやべつにスカートのシルエットに影響はないですから、と名の知れた若手のデザイナーが発言したときには、さすがに非難が殺到した。そのデザイナーは「誤解を生む発言をし、みなさまに不快な思いをさせましたことを心から謝罪いたします」との声明を発表したが、誤解でもなんでもない、あれがデザイナーたちの本音なのだ。

電車でも街でも、パンツ姿の女が激減した。女たちはこぞってスカートを穿き、挑戦的な目でぼくを見た。膝丈の制服のスカート、ふわっとしていてかんたんに引き裂けそうなプリーツスカート、てろてろした素材のタイトスカート、歩くたびに腰の動きに沿って左右に振れる台形の短いスカート……。それらはぼくたちが触り、まくりあげるためにあるはずだった。それは、肉の単なるパッケージのはずだった。ぼくはあのなかに乱暴に手を突っ込み、なかのこわばった肉を、ちょうどいいやわらかさになるまで揉《も》みしだきたいという健全な欲望がじりじりと迫《せ》り上がってくるのにじっと耐えた。ぼくは腑《ふ》に落ちなかった。女たちがスカートを穿くのは、ぼくたち男にモテたいからにちがいないのに、だからむしろ触ってもらえるのはモテへの一歩と見做《みな》してかまわないのに、今、なぜスカートがとつぜん凶器へと変わってしまったのか理解できなかった。

そう、スカートは凶器だった。女たちはいまや、モテの手段としてのスカートではなく、はっきりと自覚的に、凶器としてのスカートを穿いていた。女たちのこちらをにらみつける顔、にらみつけながらも浮かべている薄笑い。女たちは道を譲らず仁王立ちになり、あるいはわざとらしくこちらを脅すようにスカートを揺らめかせながら突進して来るので、こちらが避けなければならなくなった。女たちは電車の座席でみっともなく足を開いて座り、こちらの膝に当たっても謝罪ひとつ述べないどころか姿勢を正しもしなくなった。焦りのにじんだ「あ、すみません」という女の声を、ぼくはいつから聞いていないだろう。このような女たちの態度を、ぼくは脅迫と受け取った。

毎日、日本のどこかで血が流れていた。まるで経血のように、女たちの脚をぼくたちのあたたかな血が伝っていった。

あるとき、朝の支度をしながらワイドショーをつけっぱなしにしていたぼくの耳に、「最近、女の子たちのあいだで密《ひそ》かな流行となっているのがこれ！　なんだと思いますか？」という男性アナウンサーの声が届いた。ぼくはテレビを振り返った。明るい朝で、カーテンを開けていたので部屋の照明は点《つ》けていなかった。自然光に照らし出されたテレビは、妙に画面が青い。その画面のなかに、ブラシが大映しにされていた。持ち手のない、黒板消しみたいな形状のブラシだ。木の土台に黒っぽい毛が植え付けてある。

「そう、これ、靴ブラシなんです。でも」でも、の「も」が、もおおっと不自然に上に伸びた。画面が切り替わって女の子たちが映る。二人組の、軽薄そうな若い女だ。揃《そろ》って長い栗《くり》色の髪をして、触られたり覗《のぞ》かれたりしたいから穿いているとしか思えないほど短いスカートを穿き、なにが可笑《おか》しいのか肩を丸めて笑っている。

「いや、靴は磨きません」「靴もね、磨いたほうがいいよね、ほんとはね」

じゃ、なにを磨くんですか、とマイクを向けているスタッフが尋ねる。

「あ、歯です」「歯、スカートの」

歯？　ぼくはまさに歯を磨いているところだった。もちろん自分の歯だ。

「そうなんです」男性アナウンサーのナレーション。また画面が切り替わり、さっきのブラシが映る。「この靴ブラシ、なんとスカートの歯ブラシとして使われてるんです！」

ぼくは愕然《がくぜん》とした。歯を磨いているだと？　ぼくの口から唾液でふくらんだ歯磨き粉がこぼれ、ワイシャツに染みをつくった。テレビ画面には今度は靴ブラシを製造・販売している会社の社員が映し出されている。しょぼくれた老人だった。

「いやあ、売り上げが伸びて品切れが続いている状態です」老人は手にしたブラシをひっくり返し、毛を撫《な》でた。「この豚毛のブラシはコシがあって、スカートの歯をしっかり磨くのに適しているみたいで……」軽快な音楽。

小汚い、乱雑なワンルームが映る。黒ずんだピンクのタオルケットがぐしゃっとなっているベッド、床に積まれた本のてっぺんにはポリプロピレンの筆立てが置かれ、化粧用のブラシが林立している。そのすぐ脇で、へなっとしたパーカーにスウェットのズボンの女がフローリングに足を崩して座っている。

「都内の会社に勤めるこの山岡《やまおか》さんも、毎晩スカートの歯を磨いているひとり」ほのぼのといった調子で、アナウンサーのナレーションが入る。女は膝に、緑色のミモレ丈のペンシルスカートをそっと寝かせる。

「はい、歯、磨くよー」女がスカートをぽんぽんと叩《たた》き、「あーん」と言いながらそっと裾をまくる。すると、そこに歯が出現する。めきめきと、瞬時に生え揃う。巨大な、生々しく黄ばんだ、まぎれもない生き物の歯だ。

「はーい、いい子、あーん」甘ったるい声を出しながら、女はそのおぞましい歯列にブラシをかけはじめた。女がブラシを進めると、それに合わせてスカートの裾がみずから開いていく。

「そうそう、いい子でちゅねー、きれいきれいしようねー」この部屋、このワンルーム、どう見ても独身の全然美人でもない女が、我が子にするように丁寧に、大事そうにスカートの歯を磨いている。

「はい、そうですね、毎晩です。明日穿くスカートに。明日、いっしょにがんばろうねって気持ちで」女は一言一言、自分の言うことにうなずく。

「スカートの歯はふだんは滅多に出現しませんが、こうやって愛情を込めてケアをしようとすると、それに応えて出て来てくれる……ということです」ナレーションがそう締めくくる。

なんなんだこの番組は。この番組のプロデューサーは、暢気《のんき》にナレーションをしているアナウンサーは、これから製造のピッチを上げて需要に応えていきたいと笑顔で話す靴ブラシ会社の老人は、男のくせにこれがどういうことなのかわかっていないのだ。決定的ではないか、女たちは凶器を持ち歩いているばかりか、その凶器の手入れをしているのだ。スカートを穿くことは、いまや銃刀法違反に等しいのだ。隙あらばぼくたちに加害しようと積極的にチャンスをうかがっているのだ。

ぼくのこの思いは、決して大袈裟《おおげさ》ではない。これはぼくたちの総意である。

ぼくたちの我慢も限界だった。オリジナルの青木きららを見つけ出して糾弾しなければならないという気運が高まり、仲間たちが組織立って青木きらら狩りを開始した。だがこの活動はすぐに潰《つぶ》された。彼らは逮捕され、ニュースで名前まで公表された。しかも、当のオリジナルの青木きららはすでに転居し、名前も変えたという。逃げたのだ。ぼくたちは怒りに震えた。

だが、怒りに震えたのは女たちも同じだったらしい。翌日から、満員電車は胸元やバッグに「青木きらら」と書いたネームタグをつけた女で溢《あふ》れかえった。どの女もこの女も青木きららを自称していた。会社でも、派遣社員の女の子たちが、よく見れば正社員の女たちも、おばさん連中までもが「青木きらら」のネームタグをどこかにつけていた。青木きららだらけだ。非常事態だった。

ぼくらの仲間のなかに、防犯のための武器を携帯する者がちらほら出て来た。なぜそれがわかるかというと、犠牲者の出るペースが上がってしまったからだ。悲劇だ。スカートを切るタイプの仲間は以前からさしてめずらしくもなかったが、これまで使用してきたひ弱なカッターナイフやハサミではもうこころもとない、彼らはスカートの脅威に対抗するため大きな裁《た》ち鋏《ばさみ》、剪定《せんてい》鋏、折り畳みのこぎり、はたまたライターの火を持ち出した。しょせん相手は布なのだから、と。そして、大敗を喫した。スカートの狂暴さはとどまるところを知らない。スカートは触られる前から、ハサミやのこぎりのつめたい刃、小さな熱い炎が布地に届く前に、ぼくたちの仲間の殺意に反応してみずから大きくめくれあがり、襲いかかったのだ。とうとう死者まで出てしまった。首をもがれたのだ。

また遺憾なことに、電車に武器を持ち込もうとしたことによる逮捕者が続出した。死者すら出たというのに、警察はなぜぼくたちばかりを目の敵《かたき》にするのか。なぜスカートはよくて、刃物はだめなんだ?

電車の床は常に清掃後で、靴がきゅっきゅっといやな音を立てる。最近では、いつ靴が血を浴びてもいいように、あらかじめビニールの靴カバーをしてから電車に乗る者も多い。いつ被害者になるかわからない男性はかまわないが、潜在的加害者である女たちが揃って靴カバーをしているのを見ると、いらいらがつのる。女性専用車両は、靴カバーを忘れた女たちが我先にと乗る車両に変わった。

ぼくたちの正当な抗議が世論としてマスメディアに取り上げられるようになった。スカートを廃止せよ、とぼくたちは叫ぶ。血を流し、致命的な傷をかばいながら。ぼくたちは満身創痍《まんしんそうい》だった。無数の手首が、腕が奪われ、膝でスカートを押し上げようとしたために膝が、靴の爪先に隠しカメラを仕込んだために足首が、性器を押し付けたために性器が奪われ、それからなんといっても頭を喰《く》われた者がいた。毎朝のルーティンを奪われ、一見なんともない無傷のぼくも、見えないだけで精神に重大なダメージを負い、自分の体が自分のものと感じられず、失くした体の一部を思って仕事中にふと涙ぐむこともあり、人生を損なわれたという実感があった。スカートは廃止すべきだった。女たちからむりやりにでもスカートを剝《は》ぎ取り、駅前の広場に山と積んで焼き払うべきだった。スカートを穿くことは、今日私は男に対して加害行為をはたらきます、と宣言しているようなものだった。ぼくたちはスカートを見て怯《おび》えた。

ぼくは電車の中で血を浴びた。一度や二度ではなかった。ぼくも、すでに何度かこの目でじかに、ひるがえるスカートの内側で目覚める歯を目撃していた。めくれあがって牙を剝くスカートは、生物兵器と言っても過言ではなかった。ぼくは裾の内側に沿ってみっしりと並んだ歯が、勢い余って穿いている女の子の脚を切断すればいいのにと願ったが、まだそういう手違いは起こっていない。スカートはいつでも、穿いている女の子を傷つけないよう思い切りふくらんではたわみ、彼女の脚の外側で歯を摺《す》り合わせて男たちの体の一部を食いちぎり、嚙み砕いた。その血飛沫を化粧水のミストみたいに頬に受けながら、この血はぼくの血だ、とぼくは思う。しつこいようだが、そうなのだ。個体としては偶然ぼくでなかったかもしれない、しかし総体としては、あれは、目の前で身をよじり、肘の切断面を振り回してさらにぼくのワイシャツの衿元《えりもと》にまで血の霧を浴びせている被害者は、彼のみならずこれまでのあらゆる被害者たちは、すべてぼくなのだ。そしてスカートのダイナミックな動きによろめかないよう足を肩幅に開いて踏ん張って立っている女は、被害者の血をぼくより浴びてなお昂然《こうぜん》と頭をあげているあの女たちは、全員青木きららなのだ。世界には男と女がいて、男とはぼくというこのか弱き男で、女とは青木きららである。この二人だけが、この世に存在する。

なにがなんでも、青木きららからスカートを取り上げなければならなかった。タレントが、テレビでぼくたちの意見を代弁するようになった。女のタレントまでもが、同調することもあった。ぼくは考えを改めた。なるほど、青木きらら以外の女も少しはいるんだ。

「だって、誰も傷つかないのがいいに決まってるんです。みんな、血に飢えてるわけじゃないですよね。私たち女の子は、ズボンを穿けばいいんです。それで解決するんです」

そうだ、ズボンを穿くがいい。ズボンの上から触ってやる。手を背中の隙間からズボンの中に差し込んでやる。手を腰の前にまわし、ズボンのボタンを外し、チャックを開けてやったってかまわない。青木きららはどんな顔をするだろう。泣くだろうか。泣けばいい。泣いただけでこれまでの罪が消えると思うなよ。

しかし、青木きららたちはかたくなだった。攻撃的だった。敵意に満ちていた。頑としてスカートを脱がなかった。電車だけでなく、百貨店のひとけのないトイレで、夜道で、会社の社屋で、ときにはなんとラブホテルで、次々と男たちが血祭りに上げられた。ハニートラップだ。青木きららたちは加害目的でぼくたちをそういったところに呼び寄せて誘惑し、スカートをけしかけたにちがいなかった。青木きらら、それは、家に豚毛の靴ブラシと血の染み抜きのためのセスキ炭酸ソーダを常備する、合法的なテロリストの名だった。

この世からぼくたち男を排斥するこの社会の趨勢は、ぼくたちの必死の抗議にもかかわらず、とどまるところを知らないようだった。幼い男の子を持つ青木きららたちが、息子たちにスカートを穿かせるという暴挙に出はじめた。これはまたたくまに広がり、まだガニ股でやっとのことで歩いている赤ん坊みたいな小さな子からランドセルを背負ってふざけあう小学生男子までもが、揃いも揃ってスカートをひらめかせるようになった。なんということだろう。これは重大な人権侵害だ。男としての性をないがしろにし、人格の形成を阻害する行為だ。児童虐待だ。

いくつかの常識的な小学校が懸念を示し、校則で男子生徒のスカート着用を禁じると公表した。たちまちポリティカルコレクトネスのやつらが大騒ぎをはじめ、青木きららたちが、なんと母親でない青木きららたちまでもが、威嚇的なスカート姿で小学校に押し寄せた。小学校側は信念を曲げ、校則を取り下げざるをえなかった。その結果、公園やスーパーの男子トイレで、また新たな血が流された。ときには小学校の教室までもが、教師の血で血の海となった。そのたびに、青木きららたちは自分たちの正しさを声高に主張した。

迅速な法整備が必要だった。もう一刻の猶予もならない。ぼくは、政府が法律か、少なくとも条例でスカート着用を取り締まるのを、今か今かと待った。テレビでは、若い女のタレントたちが、敵意がないことを示すためにズボンを穿く姿が多く見られるようになった。ファッション雑誌のモテコーデ特集でも、ズボンが奨励されているようだった。

「スカートを穿いていると、彼も警戒しちゃうゾ」という文言を、ちらりと見たことがある。たぶんこれも朝のワイドショーで取り上げられていたのだろう。そのとおりだ、とぼくは思った。スカートなんか穿いていては、キスもできないしましてやセックスなんて不可能ではないか。このままでは少子化が加速し、国が滅んでしまう。

とうとう与党の大物政治家が手首を食いちぎられた。それを受けて、与党の別の大物政治家が「女の人も配慮がないよ。そもそも二人きりになったんだったら、スカートは自分から脱いで畳んでおかなきゃ」と発言し、大問題になった。「スカート撲滅」を公約に掲げる野党の政治家が出て、話題になった。その政治家は、このままでは家族が解体されてしまう、家族の単位が維持できなくなってしまうと訴えた。まったくもってそのとおりだった。なぜなら家庭の中で、父親が、夫が、兄が、弟が、親戚のおじさんがばりぼりとスカートに貪り食われる事件が続発したからだ。家庭は、もはや安らぎの場ではなくなった。どこもかしこも血だらけだった。青木きららたちの望みはこんなことだったのか？　血の海で、血のにおいをまとわりつかせ、その膝に男ではなくスカートを抱いて甘やかすのが青木きららたちの幸せなのだろうか。

しかし、どうやらそうなのだった。しかも、青木きららはもはや女だけではなかった。母親に強制された男児はともかくとして、男子中学生や男子高校生、男子大学生、果てには社会人男性までもがみずからすすんでスカートを穿くと、誰が想像できただろう。おそろいの制服のスカートを揺らし、手をつないで歩いていくうしろすがたの高校生カップルは、レズビアンのカップルではなくて髪の短いほうは男子生徒なのだった。電車でドアに凭《もた》れ、耳をイヤホンで塞ぎ、スマートフォンを眺めているロングの巻きスカートの男は、トランスジェンダーではなくシスジェンダーの男で、女装しているという意識もないのだった。きっちりとネクタイを締め、スーツのジャケットを羽織り、それとセットの膝丈のフレアスカートを穿きこなす新卒採用の男性社員は、「自衛のためにはスカートっすよ」となんでもないように言う。

そうだ、スカートが歯を持ち、意に沿わない侵略者を無情に冷酷に殺戮《さつりく》せんとする今日では、スカートこそが強さとたくましさをあらわす記号であり、スカートを穿くことは現代社会を生き抜くための危機管理能力を有しているという評価にもつながるのだった。

女たちは、夜遅くに出歩くことが多くなった。ちょっとコンビニに、とか、ちょっと友達とおしゃべりしたいから、という理由で、深夜の2時でも3時でも、気軽に家を出る。しっかりスカートを穿いているから大丈夫、というわけだ。実際、彼女たちは大丈夫だった。大丈夫でないのは、ぼくたちのほうだ。

テレビのタレントたちのファッションでも、スカートが盛り返してきているようだ。テレビの中ではスカートを穿いていない男性タレントが、「彼も流行《はや》りのスカート男子⁉」という見出しで週刊誌に載っていたりする。今でもバラエティ番組なんかでは、スカートを穿いてきた女性タレントに対し、大物お笑い芸人が苦言を呈したり、茶化していじったりするが、スカートを穿くような女はびくともしない。ふわりと広がるスカートのふとももに揃えた手を置き、冷たい目をして鼻で笑っている。

どうしてこんな世の中になってしまったのだろう。今この瞬間も、どこかで体の一部を喰われ、苦痛にのたうちまわっている仲間がいることがわかる。それと同時に、ズボンを穿き続けている自分が、ひどく無防備に感じられる。このごろ、満員電車で感じるのだ、スカートたちの舌舐《な》めずりを。あのスカートの内側でも、このスカートの内側でも、ズボン姿のぼくを狙ってこっそり歯列が目覚め出現しているのではないか。そのうち、ぼくがなにもしないでも、スカートのほうで襲いかかってくるのではないか。昨日、ぼくの前にスカートが、ぼくのうしろにスカートがあった。ぼくの左右にもスカートが陣取り、これはチームでぼくを囲むフォーメーションを組んだ疑いがある。スカートどもはぼくに前後左右から喰らいつき、引っ張りあいながらきれいさっぱり食べ尽くしてしまうつもりではないだろうか。今のところ、そういう事例は報道されていないが、それはまだ起こっていないだけで、今後起こらないと誰が保証できるだろう。そして、今度こそ、ぼくがその犠牲者第一号になるかもしれないのだ。

会社の帰り道、不安な夜道を急ぎ、すれちがうスカートを大きく避けて歩きながら、21時閉店のイオンを目指す。イオンの開けっぴろげな照明の下、ぼくはスカート売り場にいる。このごろはサイズ展開が豊富で、中肉中背のぼくの体型でスカート選びに困ることはまずない。なんでもいい、地味なのでいい。ぼくは目についた、紺色の縦長の長方形のスカートを手に取る。

「ご試着されますか？」いつのまにか、音もなくおばさんの店員がぼくのうしろにぴったりつけていて、にこにこしている。

「あ、い、いや、いいです」ぼくは目をそらし、おばさんの横をすり抜けようとする。おばさんはすばやくぼくの前に出る。おばさんは小太りだが背はきわめて低く、すぐに押しのけられそうだ。しかし、おばさんはスカートを穿いている。イオンの制服のプリーツスカートは、いかようにでも大きく広がりそうだ。

「ご試着されたほうがいいですよ」おばさんはぼくの手からスカートを奪い取る。「もしかして、スカートはじめて？」

ぼくは力なくうなずく。おばさんは力強くうなずく。

「それなら、さいしょはこんなタイトなスカートはやめましょ。足捌《さば》きのいい、フレアタイプがいいですよ。こんなのとか、そうねえ、お客さんならこんなのも似合うかも」

しゃっしゃっとハンガーを掻《か》き分け、おばさんがスーツのジャケットにも合いそうなグレーのAラインのロングスカートと、普段使いにぴったりのカーキのチノスカートを掲げる。

「ほら、試着室、あそこ」おばさんが急《せ》き立てる。

「あ、いや……」試着したところをおばさんに見られるのはごめんだ。ぼくは2着のスカートを受け取るが、おばさんとは決して目を合わせない。

「あ、ごめんなさいね、じゃあいったんおうちで検討して」おばさんはぼくの顔を覗き込もうとする。小声で、「あのね、おうちでタグ切らないで穿いてみてね。レシートもなくさないようにね。一週間以内なら返品できますからね」と付け加える。

ぼくは2着のスカートに加え、おばさんがスカートの上に当然のように置いたスカート用の歯ブラシを購入する。かつては靴用の豚毛のブラシでしかなかったその製品には、土台の木のところに人間の歯のイラストが焼印で押してあって、完全に歯ブラシとして売られている。

ただの布でしかないスカートを手早く畳みながら、「ちゃんと歯磨きしてあげてね」とおばさんはしみじみと言う。「スカートが虫歯になったなんて聞いたことないけどね、でもあなたを守ってくれるんだからね、こういうコミュニケーションはやっておいて損はないわね」

売り場を出るとき、おばさんが小走りで追いかけて来てぼくはびくっとするが、おばさんはぼくを心配してくれただけのようだ。

「お客さん、もう夜だけど、大丈夫？　そのスカート、穿いて帰ったほうがよくない？」

ぼくは首を振る。ぼくはスカートの入ったナイロンの手提げ袋を胸に抱き、じゅうぶんに夜道を警戒しながら帰る。ぼくは大丈夫なんだ。ずっとこれまで大丈夫だったし、大丈夫じゃないんじゃないかと自分を心配したことなんてなかったくらいだ。無事に家に帰り着き、ほら大丈夫だった、とぼくは思う。スカートの助けなんていらない。なんでこんなもの買ったんだろう？

けれど眠りにつく前、ぼくはベッドの上に座って、スカートたちを出して広げる。なんと声をかけていいかわからなくて、そっと手を布に滑らせる。どちらもぺったりとしたただの布だ。ぼくはかつての朝のルーティンを思い出す。あのスカートのよそよそしい感触、それをぼくに馴染むように揉みしだいていく感触を。でも中に他人の肉の入っていないただのスカートを、あのように触ることはできない。ぼくはただ撫でている。

ふと、スカートの裾が勝手に持ち上がる。まるであくびをしたみたいに。ついでに、歯が見える。いつのまに出現したんだろう。

「あ、えっと」ぼくはあわててスカート用の歯ブラシを出す。「歯、磨こっか」

ぼくはあくびをしたほうのスカート、明日会社に穿いていくことになるのかもしれないグレーのスカートを膝に載せ、やわらかく裾が開いて露出した歯に、おそるおそるブラシをかける。

「これでいいのかな」ぼくはスカートに聞く。「痛くない？」

スカートの歯はやさしく光っている。これでいいみたいだ。ああこんなことじゃ、ぼくも明日からとうとう青木きららだな。自嘲するぼくの頭の中を、まさに今同じようにスカートの歯を磨いている無数の青木きららの姿が、ごうごうと音を立てて通り過ぎていく。その果てに、オリジナルの青木きららがいる。あの子も今晩、スカートの歯を磨いている。むっちりした白い手で、手際よくリズミカルに磨いている。やあ、青木きらら。頭の中のその子に声をかけようとして、ぼくは声を失う。この子の名前はもう青木きららじゃない。そうだ、ぼくたちは、ぼくは、この少女から名前を奪ったのだから。

歯ブラシを握るてのひらに汗がにじむ。鼓動が激しくなって、吐き気がしてきた。ぼくは手の震えを必死でおさえ、ことさらに丁寧にブラッシングする。どうかぼくの正体がスカートたちにバレませんように。どうかどうか、ぼくは自分に青木きららを名乗る資格がないということを、寝て起きたらすっかり忘れていますように。ぼくは強く祈る。ぼくは、これがぼくの新しいルーティンなんだと悟る。ぼくはこれから毎晩、この祈りを強く強く祈りながらスカートの歯を磨くのだ。

ススキの丘を走れ（無重力で）

高山羽根子

高山羽根子 たかやま・はねこ

1975年、富山県生まれ。

2009年、「うどん キツネつきの」で創元SF短編賞佳作。

2016年、「太陽の側の島」で林芙美子文学賞大賞を受賞。

2020年、「首里の馬」で芥川賞を受賞。

作品に『居た場所』『カム・ギャザー・ラウンド・ピープル』『如何様』『暗闇にレンズ』など。

地下街に入るための細くて薄暗い階段は、両脇の壁面が隙間から染み出てくる水で絶えず濡《ぬ》れている。私たちはここに来ると、自然となにかに押しこめられるふうにして低い音がし続ける場所、天井の低い地下の街に潜りこんでいく。

八重洲《やえす》地下の中央口改札前に、涼《りょう》ちゃんは黒いキャリーバッグをひきずって来た。大丸《だいまる》百貨店の地下で買ったお土産《みやげ》の紙袋をふたつ提げ、スカートスーツにパンプスをはいている。これは紙袋に刷られた店のロゴマークがちょっとちがうかどうか、というくらいで、一年半前に同じ場所で会ったときとほとんど同じ恰好《かっこう》だった。なんなら前髪の量も、ファンデーションとアイシャドウの色さえも、前のときとまったく一緒なのがわかる。その涼ちゃんが私を見つけて口を開くなり、

「変わんないなあ、ナベちゃん」

と声をあげたことで、私も前と同じジャケットとブラウス、同じメーカーで同じ型番の化粧下地だったことに気がついた。この歳《とし》になったら、一年や二年くらいで人の姿なんてそうそう変わったりしないし、服だってひどく汚すことも破くことも、ましてや体が大きくなってサイズがきつくなるなんてこともないから、そんなにしょっちゅう買い換えない。同じように顔の

色もたいして変わらないから、肌に合っていると思える同じ化粧品を買い足し続けているだけだ。たぶん、涼ちゃんも。

なんなら、見た目だけで考えたら私たちよりも、八重洲地下街のほうがまだ前回待ち合わせたときと比べて変化している気がする。とくにここ数年で東京全体はすごく変わった。古びた地下鉄もところどころ新しくなっていて、ただ、そのぶん古いままだったり、工事途中の仮壁面だったりするところの色が目立って、新しい部分と混ざってモザイク状になっている。

新幹線で帰る涼ちゃんのことを考えて、私たちは地下街の中にある飲食店に入ることにした。涼ちゃんの持っているキャリーバッグは段差に弱いし、今日、外はずっと小雨が降ったりやんだりだった。それに、外に出たところで道の両脇に並んでいるお店は似たりよったりだ。

以前に入ったところとはたぶん別の店だった。ピザとかパスタなんかがメニューに並んでいる、小ぎれいで、でもわりとあちこちにあるチェーン店だった。この地下街には和食でも中華でも、こういう感じの店ばっかりが並んでいる。たぶん、数年たって別の名前を持ったちがう店になっていたとしても、似ているから変化に気づくことができない。地下街の通りにはほかに、雑貨やお菓子が並ぶ一帯もあった。主要駅には必ずと言っていいほどあるユニクロの小さな売場には、男性も女性もたいして変わらないデザインの、薄くて丈夫で軽い、シンプルな無地の服が畳んで積まれている。通路には働いている女の人がお土産用スイーツのパネルを掲げ声を張りあげて、商品の説明を兼ねた客寄せをしていて、ぼんやりと歩いて過ぎる人に無視され続けている。きっとこの通りは看板を立てちゃいけないんだろう。だから看板の代わりに、なにかあったらすぐどこかに行ける人間が立っている。

「ああいうの、広告を表示させた喋《しゃべ》るロボットに立たせとくんじゃダメなんだろうかね」

と、涼ちゃんは歩きながら私にではなく、通路の天井に向かって言った。たぶん地上を歩くいろんな人たちだとか、上に建つものの中で社会を動かす仕組みを作っている人たちに向かって。東京の地下街の天井というものはひどく不安定で、ときにぎょっとするほど配管がむき出しだったり、たわんで埃《ほこり》がまとわりついたネットで保護されていたり、ビニールシートとテープで水漏れが塞《ふさ》がれたりしている。東京に来たばかりのころは、こんな天井の下を歩くのが恐《こわ》くてとてもはらはらしたけれど、今ではもう、ずいぶん慣れてしまった。

店の入口で、店員さんに涼ちゃんの持っていた紙袋とキャリーバッグを預かってもらっている間、レジの横には大きな立方体のリュックを背負った人が立っていた。どこかの家に配達するための、店の食べ物を受け取るのを待っているんだろう、所在なげにスマートフォンの画面を眺めている。自転車に乗るのに最適な、スキニーなタイツにとても短いショートパンツをあわせてはいているその男の人は、スーツ姿の人がたくさんいる八重洲地下街ではすごい違和感があって、なんというか、こんな恰好でこういう場所を大人が歩いていいのかなとつい不安になってしまう、そんないたたまれなさがあった。

まだちょっとお酒を飲むには早い時間だった。そのぶんグラスビールが安いという内容のサービスが入口の看板に掲げてある。カウンター席に座っているスーツ姿の男の人はお客さんではなく、たぶんその店の経営に関わる社員かなにかだろう、注文をする気配もなくノートパソコンを開いて作業をしている。ほかの席はほとんど空いていたから、頼んだグラスビールはすぐに出てきた。

私たちは会うたびにこうしてビールを何杯ずつか頼んで食事をする。出された食事にひととおり手をつけ終えたころには、ここ数年の近況を語りつくしてしまうのがいつもの決まりみたいなものだった。ただ今日涼ちゃんは、最初の一杯に口をつける前から、

「ヤスダがさ」

と、私がその名前を覚えてるかどうかの確認もなく、だしぬけに話しだした。

ヤスダというのは、私と涼ちゃんと同じクラスにいた男子だった。下の名前はなんだっただろう。ヨウイチとかユウジとか、そんな感じだった気がする。頭がわりと良くて運動もできていたと思うけれど、人より目立つタイプというわけではなかった。同じクラスだったのは小学校四年生のころだったから、美形だとか、かっこいいとか、ましてもてていたとかいう個人差もたいしてなかったと思う。坊主頭かそれに近い短髪の、平均よりちょっぴり背の高い、やせぽちの子だった。たいして仲良しというほどでもなかったヤスダ自身について私が覚えていることは、その程度だ。

ただ、彼の起こしたちょっとした事件とも言えないくらいの〝できごと〟は、とてもはっきりと覚えていた。大きなできごとなんてめったに起こらないくらい、私たちが住んでいた場所はどうしようもないほど小さくて退屈な町だったから。

私と涼ちゃんの、そうしてヤスダの町は、丘にあった。丘の上には比喩でもなんでもなく人の住まい以外なんにもなかった。学校も丘の下だったので、子どもたちは学校に行くために、大人たちは仕事や買いもののために丘の下まで行っていた。丘の中でもいちばんの高台から見渡せるのは、小さな駅の周囲に集まる、ちょっとした暮らしに必要な施設と、もっと低い河口の土地に苔《こけ》みたいにして這《は》い広がっている工場群だった。丘に住んでいる私たちのたいていのお父さんと、あといくらかのお母さんは、その見渡せる大きないくつかの工場のうちのどこかでなにかの仕事をしていて、夕焼けのころにバスや車、あるいはオートバイで丘をのぼって帰ってくる。

なんにもない町だったけれど、夕焼けだけは毎日眺めても飽きないくらい、ほんとうにきれいに見えた。夕焼けがきれいなのは空気が汚れているからだ、という話を聞いたのは、私がもうずっと大人になって、あの町を離れてからだ。

私たちが丘の中でもいちばん高台になっているススキの原っぱを歩くと、ときどき服の下から出ている足を鋭い葉っぱで切ったり、変な木の種みたいなものが服の裾にくっついてからまったりすることがあった。血が流れるようなことはめったになかったけれど、家に帰ってお風呂に入ると膝から下がピリピリしみる程度のことはしょっちゅうあった。不快なことにはまちがいがなかったけれど、このくらいのささいなことで親から服を替えさせられるようなことはなかった。親からはそもそもそんな不快な場所に入らなければいいだけだ、とでも思われていたんだろう。私はべつに、なにかの主義だったり、意地で気に入った服を選んで着ていたわけではなかった。その当時の服なんて、自分で気に入って着ていたものだったのかどうかも思い出せない。自分で選んだ服について親に言い咎《とが》められるようなことが一度もない子どもだった。そもそも、そのとき自分が着ていた服だって、どんな柄のどういう形のものだったただろうか。

ひょっとしたら世の中の女子というものは、人生で一度くらいは身に着けた服装について誰か他人に咎められたりしたことがあるんだろうか。

ヤスダはクラスでただひとり、町の下に広がる工場で働いていないお父さんを持つ子どもだった。ヤスダのお父さんは、丘の上からどんなに頑張《がんば》っても見ることができないくらい遠くの建物で働いているらしく、この町に帰って来ることはめったになかった。ヤスダはふだんおばあちゃんと暮らしていた。ヤスダのお母さんについて知っている人はいなかったし、それはヤスダにたずねてはいけないことだと、みんななんとなくわかっていた。子どもでもわかるくらいのシンプルな気づかいによって、当時のヤスダは守られていたのだと思う。だからと言っていいのかどうか、ヤスダは誰かにいじめられたり、からかいの対象になっていることもなかったし、だから適度にみんなと打ちとけあっているようにみえた。

そんなヤスダのしでかした（と言っていいのかどうかはわからないけれど）あの〝できごと〟は、ヤスダのおばあちゃんが亡くなって、数日彼が忌引きで休んだあとに起こった。秋だったから、寒くもなく暑くもないくらいの晴れた日だったような気がするけれど、正直なところあんまり詳しく覚えていない。そうやってほかの記憶をぜんぶ追いやるほど、あの〝できごと〟は私たちにとって強烈だった。

その日ヤスダは、おばあちゃんが大切にしていたという薄い紫色のスカートをはいて登校してきた。彼はなんのためらいやおびえもなく、堂々としていて、周りに気恥ずかしさを感じさせることもなく、だからみんなもヤスダの恰好についてはなんでもないようにふるまうしかなかった。もちろん先生にしても、女子がスカートをはいて登校しているのに、ヤスダに対して文句を言うことなんてできないのは当然のことだった。ヤスダはその恰好についてふざけているふうでもなかったし、また、特別に女の子の恰好をしたいとかそういう感じでもなく、ただ、いつもの坊主頭で、ふだんよく着ているアディダスのTシャツの下に、スカートをはいてきたのだった。

そのスカートがおばあちゃんのものだということは、ヤスダの家の向かいに住んでいる女子が、最初の休み時間にクラスの女子全員にこっそり打ち明けてきた。以前、参観日にやって来ていた彼のおばあちゃんはかなり小柄だった。あの時点でもヤスダのほうが背が高かったくらいだ。ただ、ヤスダがはいてきていたスカートは、ヤスダのくるぶしぐらいまであるほど長いものだった。しっかりとした厚手の布地のスカートには縦のプリーツが裾までくっきりついていて、体の前面に、同じ色の布地の太めのリボンが垂れ下がっている。ヤスダの細くて長い足に、そのスカートは良く似合っていた。

たいした事件が起きない日ばかり続くのが当然の学校だったから、ヤスダのスカート登校はけっこうな大騒ぎになった。休み時間にはうわさを聞きつけた子どもがほかのクラスからも見物に来た。

あのときたぶん、私たちのクラスのみんな――特に女子の間――には、

「ヤスダのことを守らなくてはいけない」

という暗黙の結束っぽいものが、午前中のほんの短い時間で芽生えていたんだと思う。私たちは好奇の目を向けるほかのクラスの子どもたちからヤスダが視界に入らないように、遮るかたちで立ったり、わざとらしくヤスダにふだんどおり以上にふだんどおりのそぶりでふるまったり、中には廊下の男子に向けて、あからさまに睨《にら》んでみせる子もいた。

ようは、あのとき初めて私たちは明確に、自分以外の誰か、家族ですらない他者を、自分を守るのと同義に守らなければならないと思っていた。ヤスダが私たちより強いとか弱いとかいうことは、この際まったく関係がなかった。

というか私たちは、あのとき一瞬でもヤスダを弱いなんて思っていただろうか？　守ってあげなければならないような儚《はかな》いもの、同情するべき可哀想《かわいそう》なもの、たとえば雨に濡れた子猫

だとか、アスファルトの上で体を半分潰《つぶ》されたミミズと同じようなものだったとでも？
とにかくあのとき、この件でヤスダを守ることは自分を守ることと同じ意味を持つのだ、というでもいう確固とした共通認識が、私たちの胸に生まれつつあった。

ヤスダが自分の恰好について明確に、担任の先生に意思を示したのは、体育の時間の前だった。

「このままじゃだめですか」

と質問をしたヤスダになんと言って説得をしようかと、先生は困惑しているようすだった。

いっぽうで私たちは、ヤスダが体操着に着替えなくてもいいように、つまりそのままの恰好で徒競走ができるようにと先生に直談判《じかだんぱん》をした。

「でもその恰好じゃ動きにくいし、怪我《けが》をしたら困るでしょう。ヤスダ君にだけ着たい服を認めちゃうと、ずるい、ほかの人も、ってなってしまうかもしれないし」

という先生に対して、たしか涼ちゃんが、

「私たちは、好きな服を着て走りたいなんて思いません。でも、今の時点では、ヤスダはこの服をどうしても着たいと考えています。それを、ずるいとかいうふうには思っていません。それに、危険だというんなら、私たちはふだんそういう危険な服を着て歩いたり学校生活をさせられているのだということなんですか。ヤスダがもし転んだり、いつもと同じに動けていないと、周りで見てわかるようであればそのとき着替えさせちゃだめなんですか」

という主張をし、私たちも全員それに賛同をして、その日ヤスダはスカートで体育の授業をすることになった。

そうして、ヤスダはその日、おばあちゃんのスカートで百メートルを走り、非公式ながら小学生の県の学年記録を更新してしまった。

そうだった。

私はあのときの、ヤスダが後ろに長く引き残すみたいに裾をひらめかせて、スカートをいっぱいに広げて、空を飛ぶみたいに進んでいく姿をはっきりと思い出すことができた。足は三歩に一歩くらいしか着地していないふうに見えたし、じっさい足の重さがまったく感じられなかった。あのときの坊主頭のヤスダは、坊主頭なのに天女とか女神とか、そういったものに見えた。当時はみんなそう思っていたんじゃないだろうか。ゴールしたときの、息を弾ませたヤスダを見ている周りのみんなは男子も女子も顔が真っ赤《まっか》だった。だからきっと私も同じだったと思う。

その日からしばらくたっても、ヤスダはスカートで学校に来るのをやめなかった。あんなことがあって、いっそう先生もヤスダの恰好についてなにか言うことに注意深くなり、私たちもヤスダがその恰好のままで心地良く過ごせるように心を砕いていた。

一度、ヤスダの足が切り傷だらけになっていることに気づいて、声をかけたことがあった。

「あのススキの丘に行ったの」

ヤスダは頷《うなず》いて、

「女子の足って頑丈なんだな」

と言う。あの暴力的な葉っぱの攻撃に慣れていないヤスダの皮膚は、私たちの足よりも痛々しく傷ついてしまっていた。

「私だって、いっぱい切るよ、あそこに行くと」

「じゃあなんで、みんな足出してんの」

ヤスダの問いに、私は答えることができなかった。ほんとうにわからなかったからだ。というか、今でもわからない。そう言われてみればあのときのヤスダのように、どうしても着たいと思う服なんて、今までずっとなかった。なのに、なんで私はあの丘にスカートで行っていたんだろう。たまに気まぐれにささやかな傷がつく程度だったから、それのための準備をすることが重要だとも考えていなかったのかもしれない。つまり、私たちにそんな重要な問題が起こるはずがないと信じこんで毎日を過ごしていたとも思える。

「あと、スカートってめんどいんだよな。洗って、アイロンかけないといけないし」

と言って笑った。

「私そんなこと、したことないよ。えらいね、ヤスダ。まじめだね。きれいにできてる」

「触ってみるか」

ヤスダが、笑った顔のままスカートの前裾の布をつまんで持ち上げ、私のほうに差し出してきた。そうされて気がついたのは、その生地が実際思っていたのよりもずっと長いもので、ヤスダはTシャツの下、胸のちょっと上あたりからそのスカートをはいているのだった。これは巻きスカート状のもので、前のリボンで縛って留めるのだ、とヤスダが教えてくれた。ややこしいやり方だけれども、おばあちゃんがやっているのを見ていたから覚えていたんだ、と。そっと触れると、しっかりとした厚手の、パリッとした布地だった。これが、ヤスダが走るとあんなふうに空気をまとってなびき、翼に見えた。重さがないどころかヤスダの重ささえも引き受けていると思えていたことがなんだか信じられなかった。

「いい生地だね」

と私が言うとヤスダは嬉《うれ》しそうに、

「すごく高級なものらしい」

と答えた。

「だろうね。こんないいスカート、私、いちどもはいたことないかも」

というような内容のことを、いろんな言葉でくり返し言いながら私は、しばらくヤスダの差し出すスカートの裾の生地をもんだりさすったりしていた。人に差し出されたスカートを触ったのは、私の人生であれが初めてで、その後もない。いちどきりの体験だった。

もともと運動ができるヤスダの足は、スカートをはいて走りはじめてから本格的に速くなって、測るごとに県の学年記録を更新した。たまに冗談半分でほかの女子のスカートをはいて試しに走った男子もいたほどだ。当然だけれど、まったく速くはならなかった。

ヤスダが県大会に出るかもしれないということになって、いよいよヤスダのスカートの危機が迫った。クラスの授業なら、体操服を忘れた子と同じ扱いで先生の判断になるけれど、県の大会となったらそうはいかない。女子も男子も決まった運動着とゼッケンを身に着けさせられる。ここでどう立ち回れば、ヤスダのことを守ることができるのだろう。と、クラスの女子たちは、大きな危機感を持って対策を練っていた。

「で、結局、ヤスダってどうしたんだっけ。県大会」

と私が聞くと、大げさにびっくりした顔で涼ちゃんは、

「なんだ、ほんとうに覚えてないの」

と逆に質問してきた。私は、

「だって、涼ちゃんはヤスダとも仲が良かったし、あのときヤスダを守る会の会長みたいになっていたけど、私のほうはそんなふうでもなかったし」

と答える。

「だってあのとき、ナベちゃんだって私たちといっしょにすげー泣いてたじゃん」

「まじで、全然覚えてないや」

あきれて笑った顔のまま、しばらくの間考えてから涼ちゃんは、

「ヤスダ、宇宙に行くんだって」

と言った。あんまりに脈絡なく突然だったから、意味がわからなかった。

「こういうのって、誰かが調べてくるもんなんだよね。あの小さい町のどこにそういう能力を持った人がいるのかわからないけど」

そう言いながら差し出された涼ちゃんのスマートフォンの画面には、英語の記事が表示されていた。内容はほとんど読めなかったけれども、タイトルの太字部分だけはなんとなく意味がわかった。そうして写真は辛うじて、面影があった。

「ああ、ほんとだね、言われてみればヤスダだ」

「でも、言われてみれば、でしょう」

たしかに記憶の中のヤスダの姿はぼんやりしていて、別の成人男性の写真を出されれば、それをヤスダだと思えたかもしれないくらいあいまいだった。そう考えながら液晶画面に見入っている私に、涼ちゃんは声をかけてきた。

「県大会の直前、ヤスダ、海外に引っ越してっちゃったんだよ」

私は、さっきの涼ちゃんの言葉のほうがまちがいで、実際は海外に行っただけなのかもと思ったけれど、そうではなくて、

「それで今度、宇宙に行くの」

記事の内容を町の人たちの誰かが適当にサイトで翻訳したところ、海外で暮らしていたヤスダは成長して、名前と国籍がちょっと変わり、いろいろあって宇宙飛行士になるらしい。ヤスダは今そういう宇宙に行くための施設で働いていて、何年か後に宇宙に行く計画にうまくすれば参加できるかもしれない、というこのニュースがあの小さい町に届き、すごい騒ぎになっているという。ほんの短い間でも暮らしていた人がそういうふうに有名になったもんだから、昔からあの子は優秀だったとか、みんなで勝手なことを言っているんだろうな、と想像がついた。

ダイバーシティとかマイノリティとか、私はその言葉の意味だけは知っている。けれど、自分たちの言葉としてどこかぴんときていなかった。

「なんかね、最近の宇宙計画って、世界中にいるいろんな種類の人間を宇宙に送りましょうってことになっているんだって」

と、口を尖《とが》らせてビールグラスに口をつけたあとに続けた涼ちゃんの言葉を聞いて、私はヤスダのことをいったいどんな種類の人間だったたか、と思い返す。見た目は私たちとまったく同じ東洋人で、日本語を話し、頭がそこそこ良く、体が細くて足が速かった。でも、それ以上の特徴が思い浮かばなかった。だいいち子どものころの人間なんて、そんなにたくさんの種類にわかれるような特徴はないように思えた。人間なんていうものは、大きくなるにつれてだんだん人格に特徴なんかが出てきて、そうやって種類みたいなものが生まれていくのかも。

私はどんな種類の人間だろう。

変わんないなあ、と、変わらない涼ちゃんから言われるくらいの私が、大人になってから自分自身で獲得した、特別な特徴なんてどのくらいあっただろうか。

涼ちゃんは、ヤスダのスカート事件のとき誰よりもヤスダを守ろうとしていた。当時、なにもわかっていない子どもの私たちでさえ、先生とか大人のいろいろな言葉や視線に気がついていた。周りの好奇とかといったほとんど無自覚だけど意地が悪いほうの考えだけでなく、困惑や気づかい、ためらいといったちょっとした善意に由来するものまで、いろんなものから涼ちゃんは必死にヤスダを守っていた。たぶんあのとき、ヤスダは女の人の恰好をしたかったわけじゃなくて、おばあちゃんの形見のうちでいちばん気に入っていたものを身に着けていただけだったような気がする（ただ、これも気がするという程度のことだけれども）。

とにかく涼ちゃんはヤスダのことが異性として好きとかそういうのとは別に、ほんとうにヤスダを大事に守っていたんだと思うのだけど、それをやっぱり好きとごっちゃに考えてしまう男子とか女子はいて、それさえも涼ちゃんを苦しめていたと思う。だから今こんなふうに、子どものころからのあらゆる困難にずっと向き合って頑張っていたヤスダの手柄に後乗りするみたいな町の騒ぎを、きっと涼ちゃんはあんまり、というか、かなりおもしろく思っていないんだろう。

「ヤスダ、なんで海外に引っ越したんだっけ」

という私の不用意な言葉にも、涼ちゃんはひょっとしたら、私があの町の大人たちと同じような薄情さと能天気さを持っていると考えたのかもしれないな、と申し訳なく思う。

「冗談じゃなくて、ほんとうに覚えてないの」

と念を押すふうに聞き返してきたあと、グラスの底の隅に残っているあんまりおいしくなさそうなビールをひと口ぶんだけ惜しそうに飲んで、

「ヤスダは、あのとき日本人じゃなくなったからだよ」

とだけ言った。

そこでまた、私は思い出した。

ヤスダのおばあちゃんがずっと大切にしていたあのスカートは、おばあちゃんの故郷の、アジアにある国の民族衣装だったということを、あのときヤスダは私に話してくれたんだった。当時の私はその国については名前しか知らなくて、現在の私は二回その国に行ったことがある。ようするにそのときの私と、今の私の間の時期には、二度、その国に関する経験が存在した。現地であのスカートに似たものを目にしたこともあった。なのに、今までそれがヤスダのスカートと記憶の中でうまく一緒になっていなかった。だって、坊主頭の男の子がはいているのと、きれいにおめかしした女性が着ているのとではもう、雰囲気からして全然ちがって見えるし、民族衣装というものは全身一式で身に着けてやっとそれだと判断ができるものだ。着物の帯だけをスーツに巻いたって意味がないように。つまり、私たちはその国の景色や文化を含めて民

族の服装を見ているのかもしれない。

ヤスダのおばあちゃんは、娘時代にあの服を持たされた。たぶんそれは嫁入り道具か、あるいはそのまま花嫁衣装だったんだろう。ヤスダの家族写真、写真館に行って撮るような肖像写真には、必ずおばあちゃんがこのスカートを身に着けて写真に納まっていたのだと聞いていた。もちろん、遺影の写真もその服を身に着けて撮られていたらしい。とはいえ、遺影というものはせいぜい首より若干下あたりまでしか写らないから、そのスカートであることはわからなかっただろうけれど。たたまれて棺《ひつぎ》に入れられる寸前だったそのスカートを、ヤスダはどうしてもといって譲り受けたんだそうだ。

子どものころの私には、ヤスダのスカートが形見だということよりも、どこかの民族衣装だということがとても新鮮に感じられた。日本人の着物は、男と女で形がちがえどもいちおう同じような筒形の服だから、あんなふうに今の人が着てもふつうに見えるくらいのシンプルなデザインのスカートが民族衣装だということも意外に思えたのだろう。そういえば着物はスカートにカウントしていいんだろうか?

私はあのときの、しっかりとした布地の手ざわりを思い出す。最新の服は男女ともに細い繊維で作られたペラペラのもので、軽いのに暖かい。ずっしりと重く厚い布地は、長く高級なものの証《あかし》だったんだろうけれど、今、皺《しわ》になりにくく、破れず、暖かく、シンプルな、貧富や男女に大きな差のない服を多くの人が身に着けることは私たちの文化だし、つまりこれが今の私たちにとっての民族衣装なんだとも思う。

スカートというのは、人類最初の服なのかもしれない。というか、人が身に着けた最初の衣服が現代でいうワンピースみたいなものだったということは、なんとなく想像がつく。といっても私にはそういう考古学とか文化史についての知識がないから、せいぜい思い描くのは博物館で見た古代人の再現マネキンが身に着けていた麻っぽい素材の貫頭衣だとか、あるいは毛皮を繋《つな》いで被《かぶ》れるようにしたものくらいだった。人類の衣類にズボンなんていう縫製が面倒なものが生まれたのはきっともっとずっとあとで、動きやすいとか、戦うときに安全だとか、ようはちょっと強くて豊かな人たちが身に着けられる贅沢品《ぜいたくひん》だったんじゃないだろうか。

いったいなにが、人間にズボンをはかせたんだろう。どんな理由も今ひとつぴんとこない。私はなんとなくはっきりとした理由を知りたくなって、自分のかばんからスマートフォンを出した。なんどか検索をかけてみると、人が初めてズボン状の衣服を身に着けたのは、馬に乗るようになってからだということが書かれているページが表示された。人にズボンなんていう複雑なものをはかせたのは、どうやら馬という生き物の存在と、それに乗るという人類の発明のためだったようだ。馬にとっても迷惑な話だったろうと思うけれど、考えてみれば、たしかに馬に乗るのなら人が走るよりもずっと速い。その速さのために不自由なズボンをはくなら納得ができた。いくらスカート状の服で速く走れる技術を持つ人がいたところで、馬に乗るという発明にはうんと足らない。スカートで馬に乗る人はきっと長いこと、横座りのようなかたちで済ませていたんだろうと思う。さぞ不便だったにちがいない。

私は以前に旅先で見た、暑いハノイの夜の街を走る、カブの後部座席に座ったアオザイの女性を思い浮かべて、満足して液晶画面を消すとかばんの中に戻した。横向きに座った女性が着るアオザイのなびく裾は、カブの排気が吹き出てくるマフラーにかからないよう慎重に、角度にも方向にも注意が払われていた。そうか、走るよりもずっと速い乗り物に乗るのに、人はズボンをはいたんだ。たとえば馬とか、カブ、あと宇宙船。

そうして次に私は、数年前に見たドキュメンタリー映像を思い出していた。南米あたりにいた少数民族は雪が降ったり湖が凍ったりするくらい寒い場所に暮らしていたのに裸だった。彼らは民族だったけれど、民族衣装を持っていなかった。その後大航海時代だったか、ヨーロッパから来た宣教師に親切心から与えられた服によって彼らの中で雑菌の繁殖が起こり、その民族が大量死してしまうという悲劇が起こったらしい。服装というものは、衛生環境や住んでいる場所と、きっとすごく絶妙なバランスを保ちながら発展してきたんだろう。温暖で多湿な日本の夏の浴衣《ゆかた》だったり、熱帯の草を編んだ蓑《みの》だったり。ときには服を着ないことさえ身を守る方法だったりする。ズボンだからより身が守られるのか、スカートだから安全なのか、そんなことはどの国のどの人か、男性か女性か、子どもか大人かなんかとはまったく別問題のように思えた。

そういえば私が今まで見たことのある民族衣装とかいうものは、たいてい男性と女性で見た目でわかるはっきりとしたちがいがあった。今の私たちが着るTシャツやGパンみたいな男女関係ない服装がふつうの文化になってから、女装や男装という考え方は、すごいスピードで変わっているのかも。民族衣装がなくなって、そのまま服装による性別のちがいはどれだけ変わるんだろう。たとえばスカートが男女ともふつうに着ることのできる服になったら、女装とかいう概念はどのくらい滅びに近づくんだろう。

「こんな勘ちがい、みっともないことだってわかってるんだけどさあ」

と、もうだいぶいい気分になっていた涼ちゃんは、

「ヤスダの今のことを知ったとき、私たちがヤスダを守ったから、ヤスダは宇宙に行けたのかもしんないって思っちゃったんだよ」

と続けた。

みっともない、と思う涼ちゃんの気持ちが、私にはよくわかった。涼ちゃんのその希望に満ちた前向きな勘ちがいは、町の住人たちの大騒ぎと、はたから見ればほとんど同じように感じられるものだったからだ。あのときの友だちが、なにか大きなことをしでかそうとしているから嬉しい。なんかやる子だとは思っていた。あのころから優秀だった。そう騒ぐあの町の人たちと同じだということは、たぶん涼ちゃんにとってすごく気分が悪いことなのかもしれない。

ただ、私や涼ちゃんはたしかにあのとき、ヤスダを守ったんだ。私たちを代表しているわけ

でもなんでもないヤスダのことを——ひょっとしてそれが、勝手な自分の自尊心の投影だったとしても——結果的に私たちの訴えが通って、ヤスダはあのとき、スカートで疾走し、私たちはそのぴかぴか光る姿をずうっと、覚えているんだった。そうしてそのヤスダが今、近い未来に宇宙へ行くかもしれないのだった。

新幹線の時間が近づいてきたから、涼ちゃんと私はお会計を済ませて地下街を改札のほうまで歩いた。私の数メートル前を歩く涼ちゃんのキャリーバッグは、会ってすぐのときは黒いから目立たなかったけれども、近くで見ると角のあたりが擦れてほつれたりしていた。私のほうだって、パンプスのかかとの部分はだいぶ削れてしまっている。何年も変わっていないはずの涼ちゃんの恰好も、私の恰好も、よく見ればちょっとずつ変わってきていた。肌の色にしたって、徐々にだから気づかないだけで、この化粧下地はもう自分に合わなくなってきているのかもしれない。それでも、新しいものを買うときに私たちは同じ無難な、なんなら型番も同じものを買ってしまう。

もし、スカートというものが走りやすい服だとしたら、スカートをはかされた花嫁は自由を求めて森の中に逃げて行ってはしまわないんだろうか。ヤスダと同じで、スカートが走るのにいちばん都合良いと思うような女性もいたなら、その不遇から逃げおおせるためにスカートを翻してしまわないのだろうか。足をああやって空中で掻《か》いて、ススキの葉で足を傷だらけにして。

あの重たくてしっかりした布が、ヤスダの体をあんなふうに浮き上がらせていたんだとしたら。ヤスダは、おばあちゃんの想《おも》いがあったからあんなふうに走ることができていたのかも、なんてことも思う。

涼ちゃんを改札のところで見送ったあと、私は自分の、ストッキングに包まれた足を見おろす。あのときしょっちゅうこしらえていたススキの葉の切り傷は、もう跡形もない。たとえうっすら残っていたとしても、それくらいならストッキングが隠しおおせてしまう。子どものころにどれだけススキの丘を転げまわっていても、そんなところには立ち入ったことがありませんといった育ちかたをしていても、私たちの足はなんとなく同じように平凡に成長してしまうのだった。

以前、地下街に入るどこか細い階段のうちの一本を下りるところでおおげさに転んでしまったときのことを思い出す。あのときはまだなれないパンプスとタイトスカートで歩幅が不自然になり、歩きなれない地下街を上ったり下りたりしていたからかもしれないし、毎日毎日こなしては失敗する就職面接に疲れきりうわの空で、集中力が切れていたからかもしれない。今となってはよくわからないし、もっと言えばそれら全部が理由だった気もする。スマートフォンを見ていたわけでもないのに、あと数段で階段を下りきるというところでつんのめって、膝を折ったまま残りの数段を滑り落ちた。ストッキングの脛《すね》のあたりを大げさにすりむき破ってしまって、かばんの中身がいくつか前に飛び散った。気持ちの上では泣き出す寸前だったのを、誰にも立ち上げてもらう必要はありません、助けなんていりませんとでも宣言するように、すぐさま立ち上がって、かばんの中身をかき集め、なんでもない顔で、でもちょっとふらつきながら歩き出すときの景色は、いつもとまったくちがうふうに揺らいで見えた。あれはどういう脳のしくみによるものだったんだろう。自尊心が地下街の地面よりも深くに落ち込んだときにだけ見える、うっかり自分だけが見えてしまった景色みたいだった。

現在のヤスダのことを考えてみる。でも、まあ当然なことに、そうして残念なことに、どんなに思い返しても私の中でヤスダは、さっき見た写真のヤスダではなく、あの細い手足で坊主頭の子どもだった。もちろん、スカート姿の。

スカートの不自由さは、物理的に制限されている部分だけではないのかもしれない。だから男性が女性と同じようにスカートをはいたとして、同じ不自由さを共有するものではないと思えた。ヤスダがあやって飛ぶみたいに走れたからといって、私や涼ちゃんやヤスダのおばあちゃんがそうはできなかったように。

現在のところ、人間がいちばん速く移動できる乗り物であろう宇宙船の中で、スカートははけるんだろうか。たとえばスター・トレックなんかで、ハリウッド女優が演じる乗組員が宇宙船で着ているタイトなドレスとか、アオザイみたいなどこかの民族衣装。

宇宙服で、私が見たことのあるものはどれもズボンだ。宇宙飛行士は女性も男性も同じ服を着ている（ふうに見える。ただ、当然なんらかのちがいはあるのだろうけれど）。ソビエトで世界初の女性宇宙飛行士と言われていた人も、つなぎになっているズボンをはいていた。あれはどう考えてもファッションにもとづいた形状じゃない。どちらかというとその特別なロマンが姿のかっこよさを補強しているという逆進性がある。けれどこの逆進性はどんなものにも当てはまるものだ。ヤスダのスカートだって、私が面接を続けて転んでしまったときのスーツだって、時代や身に着ける人によっては恰好良いと思われうるものだ。そうしてあの宇宙服は、今の私や涼ちゃんが着ているスーツはもちろん、ヤスダがはいていたおばあちゃんの花嫁道具のスカートよりも最新式で、科学的な技術に裏打ちされ、ずっと高価なはずなのに、この上なく動きにくそうだった。

馬よりカブより速い乗り物に乗るための、ひどく不自由なズボン。

ところでヤスダは今、どんな場所で、どんな恰好で地面に立っているんだろう？

私は空を見上げる。私たちの食事とか会話とか思想の頭上を覆っている地下街の天井は、もうずっと心もとなくて、あちこち水漏れがしていて、しかも痛々しいくらい埃まみれだ。くたびれた仕事用の服を着てビールを飲んで、懐《なつ》かしい話をしている私たちの頭上は塞がっている。その上に建つ大きなビルのそれぞれの層には空を奪われた街が広がっていて、そのいちばん上には、あのときの薄紫をしたスカートをなびかせたヤスダが立って、夜空を見ているのだ。

私たちが、彼を宇宙まで連れて行ったという気持ちは、いちおう希望として大事に抱きかかえておきたいのだ。それがどんなに恰好悪い、涼ちゃんや私を落ちこませるほどのひどい勘ちがいだったとしても。

あのスカートをはいて、ヤスダは無重力の宇宙を走ることができるんだろうかということを、私はうるさくてたまらない地下鉄に乗っている間、ずっとずっと考えていた。

あの細く長いけれど私たちよりずっと傷つきやすい足で空中を、必死に掻いて走っていたあのヤスダなら、きっと、と。

I, Amabie

津原泰水

津原泰水　つはら・やすみ

1964年、広島県生まれ。

1989年、少女小説作家としてデビュー。

1997年の『妖都』から、「津原泰水」名義で作品を発表。

2012年、『11』でTwitter文学賞国内部門第1位。

作品に『たまさか人形堂それから』『クロニクル・アラウンド・ザ・クロック』『ヒッキーヒッキーシェイク』『歌うエスカルゴ』など。

1

「ご本名なんですか？」

という颯太《そうた》の問いは如何《いか》にも白々しく、彼自身の耳にも他人の声のように響いた。やり過ぎた。ちょっと足りないふりをしてきたのがばれてしまう。ところが猫又《ねこまた》ももは淀《よど》んだ眼差《まなざ》しを寄越して、

「うん」

え。

と颯太が聞き返す間もなく、それまで長々とキャメラクルーに耳打ちしていたディレクターの児島《こじま》が、歌い上げるように、

「はーいはいはい、お待たせー」

美声である。

「準備完了ですよー。さあ始めますよー。一発で決めますよー」

いや、明らかに歌っている。節がタケモトピアノのコマーシャルだ。いつものことらしくロ

ケ隊の誰も驚いていない。クルーには何を指示していたのだろう？　築四十五年の借家の一室、どう撮ったって見映えがするとは思えないが。

「はいキャメラ廻《まわ》しまーす。颯太くん、打ち合わせ通りによろしくお願い致しまーす。ももにゃん、よろしくにゃー」

「にゃー」

と答えている間にももも豹変《ひょうへん》した。背筋は伸びきって反《そ》り返り顔の位置は二、三十センチも上がって、さっきまで壁にもたれて居眠りしているようだった肉塊を地上から消し去った。こちらり、こちらの準備の程を確認してきたその目は、颯太が顔を映して表情を研究できるほど大きく、かといって無理やり見開いている気配は絶無。生まれつきのどんぐり目だから仕方がないのよ、と言わんばかりに絶妙に力を抜いている。

情報番組「ズバ抜け☆１６４５」の中盤に挿入される五分枠「フェイクハンターＲＥＩＷＡＲＳ」は、タイトルこそ勇ましいものの、ウェブで拾ってきたネタをテレビ用に撮り直して「フェイクではなくファクトでしたー」とその尻馬に付くだけの茶番、現場レポーターは曜日によって異なり、あまつさえ頻繁に交替する。その程度の仕事にしかありつけない木《こ》っ端《ぱ》でも、やはり映ることのプロは大したものだ。颯太は皮肉抜きに感心した。

水着みたいな素材のフェイスマスクには、拡大された猫の口元が印刷されている。写真にしてはくっきりし過ぎているからＣＧだろう。ギリシャ文字のω《オメガ》のように描かれる漫画表現とは違い、リアルな猫の口元というのはやけに取り澄ましている。フェイクファーの尖《とが》り耳が付いたカチューシャとそのマスク、およびどこに売ってたんだか仕立てたんだか白黒茶の三色が入り乱れた柄の単衣《ひとえ》のお蔭で、あたかも『ノーストリリア』に登場するク・メルの日本版……とでも言ってやって通じれば喜ぶのだろうが、ちょっと通じそうにない。耽美《たんび》趣味を感じさせる本と海外SFはぜんぶ運び出してライトノベルと漫画とファッション誌だけを残した颯太の本棚を見て、読書家だと感心していた。「小野不由美《おのふゆみ》とか読んでる」と言われ、最初は嫌味かと思った。

「ところで私は誰？　そしてここは」

と、ももは五畳相当の洋間を見回し、

「ひょ……ひょっとして颯太くんのお部屋？」

はい、と不織布のマスクのなかで答えたものの、ガンマイクに上手《うま》く拾われなかったような気がし、改めて運動部ふうに、

「そうっす」

ももは眼をぱちくりさせ、キャメラに顔を向けて気の抜けた声で、

「にゃー」

恐らく猫の習性だから、意味を求めてはならない。

「ももの第一印象では、まるで平凡な高二男子の自室っていう設定で発注したセットみたいに

や……」

セットという言葉にひやっとした。壁のレミー・キルミスターのポスターは、颯太ではなく爽太《そうた》の持ち物。下に舞台『夢から醒《さ》めた夢』のポスターが隠れていて、そちらは颯太が中学のとき古書市で手に入れた。「ふつうモーターヘッドだろ」と爽太が自信満々に言うのを信じてみたもので、貼らせてもらった直後はキルミスターに見守られているのを心強く感じた。

それに彼はお洒落《しゃれ》だ。もし自分がロックバンドに入るようなことがあったなら、あんな感じに装ってみたい。でも時間が経《た》つにつれだんだん、北見隆《きたみたかし》の描いた丈長なワンピース姿の女性が見当たらない、彼女らの飛行していない空間が、方角を見失った船のキャビンみたいに感じられてきた。そのまま今朝を迎えた。

「と思いきや、あんにゃところにジャガーのミシン」

ももが段取り通りに出窓を示す。指は握り込んでいる。猫の手を模していると思われる。

「まあ蛇《じゃ》の目《め》ですけど」

「颯太くんの？」

「いえ、お母さんのを借りっぱなしで」

「ひょ……ひょっとしてさっきの見事にゃコスチューム、颯太くんの手作りにゃったり？」

さっきの、と言うがまだ披露も撮影もしていない。自宅での「素顔」の撮影の後、出で立《い》ちを整え学校に移動して、その恰好《かっこう》で授業を受けている様子を撮られる段取りだ。そのため、猫又ももとそのマネージャーを含む七人のロケ隊が井筒《いづつ》家を訪れたのは、午前五時だったのである。

「手作りっていうかリフォームっすけど。友達に手伝ってもらって」

「それは高校のお友達かにゃ」

「そうっすね」

もう通ってないけど。

「兼定《かねさだ》爽太っていう」

「その子もソウタくんなんにゃ」

「字は違いますけど。僕は颯爽の颯《サツ》だけど、その友達は颯爽の爽《ソウ》」

「え、井筒サツタくんにゃっけ？」

「僕もソウタです。颯爽の颯はサツともソウとも読めますから」

「にゃー」

とまたキャメラに向かって啼《な》き、振り向いて、

「ひとつ賢くにゃったついでに、もも、ちょっとその子にも会ってみたいにゃー。颯太くんが信用できないわけにゃにゃいんにゃけど、にゃるべく大勢の証言を集めるのが検証の鉄則にゃんにゃ」

「いいっすよ、メッセージ入れてみますね」

颯太はズボンの尻ポケットからスマホを取り出した。本当は目の前のリビングに待機している。

「はーい三十分くらい経ちましたー。その辺はテロップで説明ー。で、お友達が部屋に入ってきまーす。あとはももにゃん、よろしくにゃー」

「にゃー」

登場の合図を発しようとするアシスタントディレクターを出し抜くように、爽太の小柄な身が、明るく照らされた空間にするりと入り込んできて、

「颯太くん、それ、許可したの？」

と勉強机を指した。段取りに無い行動だった。振り返った颯太は、参考書の背表紙が並ぶ手前にさりげなく置かれた写真立てを引っ摑《つか》み、

「なんじゃこりゃあ!!」

と殉職していく若い刑事のように吠《ほ》えた。入っているのは四王天薫《しおうてんかおる》のブロマイド。むろん放送に映り込ませようという魂胆だ。母の性格からいって一点突破ではなかろう。そう直感して書棚に近寄ってみれば、案の定、あちこちに同じ人物の著書が差し入れられていた。

『レプティリアンを撃退して金運アップ!!』『真のアメリカ大統領は日本にいる』『ウィズコロナ時代のスピリチュアルお惣菜《そうざい》』『地獄／嘘吐《うそつ》きの末路』『あなたの寿命は30年延びる』……僕のじゃない、こんなん僕んじゃない……と呻《うめ》きながら背表紙に四王天とある本を片っ端から抜

いて、抱えて、戸襖《とぶすま》越しに、

「ちょっとお母さん！」

しかしながら、早朝から髪を整え化粧をし新しいブラウスを身につけて出番を告げる声を待っているはずだったその姿は、すでにリビングから消えていた。そしてそれきり、爽太の出番が終わり自分の番となっても、ロケ隊の前に戻ってこなかったのである。例によって信者仲間の家に逃げ込んだのだとすれば、とうぶん帰ってくるまい。もう慣れた。

ロケ隊が撮影の手順を申し合わせているあいだ、なぜか母も足繁く部屋に出入りしていた。部屋の主では気付きにくい箇所を掃除でもしてくれているのだろうと、感謝の念さえいだいていた颯太である。あの時だ、仕込まれたのは。

浅薄な社会貢献ごっこに酔う単細胞の部屋に見えるよう、細心の注意のもと設《しつら》えた自室の異変に、なぜ颯太は気付けなかったのか？　眼鏡《めがね》を掛けていなかった。なぜ掛けていなかった？　フェイスマスクを着けていると息で曇るからだ。左右とも0・2くらいだから裸眼で外を歩けないほどではない。勝手を分かっている場ではもともと外していることが多かった。新型コロナウイルスの猛威によりマスク着用が常態化するとその傾向は強まり、凝視したいものが無いかぎり掛けていないのが普通になっている。

憤《いきどお》りに顔面を蒼白《そうはく》にしている颯太を、

「大丈夫？」

ともが近付いてきて気遣う。キャメラを向けられている間とも、譫言《うわごと》のように睡眠不足を訴えていた待ち時間とも異なる、低く、深く、輪郭が明瞭な、三つめの声音だった。誰かの声に似ていると思いながら、颯太は虚勢の微笑で、

「映してもらいたくない物を片付けてるだけです、無用な誤解を避けるために」

その顔をももは凝視した。続くので、

「なんですか」

「後でアイメイクしてあげようか」

「え？」

声に喜色がにじんでしまった。ももの提案よりもそのことが颯太をどぎまぎさせた。

「ユーチューブの映像の時、すっぴんだったでしょう。メタリック系できちっとメイクした方が決まると思うよ。メイキャップボックス持ってきてる。メイク自前タレントだから」

「あの……僕には、特殊な信仰はありません」

「アイメイクなんて誰でもしてるよ。信仰は関係無い」

「いやそっちの話じゃなくて」

「助かったー」

「助かりましたー」

児島、続いてキャメラクルーのあげた声が、長三度《ちょうさんど》のハーモニーを成す。

「正直ね、どうやったらあのフォトフレームやウイルスディスパーザーを自然に見切れるか、キャメラの石井《いしい》と頭を捻《ひね》ってたんですよ」

「ウイルス……？」

颯太の聞き返しに、児島の表情は曇った。

「お部屋にありますよ」

「もう一度お願いします」

「お部屋にあります」

「そっちじゃなくて。ウイルス……なんですか」

「ディスパーザー。どれだか教えちゃって良いですか」

「教えてくれなかったら蛇の生殺しです」

児島が頷《うなず》いて机に近付き、手を伸ばしたのは、筆立てに差されていた鋳物のペーパーナイフだった。

「これの商品名です」

「それは、お母さんが骨董市《こっとういち》で――」

――颯太が好きそうなお洒落なの売ってたから、ついね。ほら颯太、小さい頃から文房具が好きだし。

「骨董品ではなく、それっぽく仕上げた新品ですよ」

少年は深く嘆息した。井筒家の事情を悟ったディレクターは、眉をひそめて頷き返してきた。項垂れて、

「薫習哲理《くんじゅてつり》のグッズなんですね？」

「はい。コロナウイルス退散のお守りとして……そうはっきり謳《うた》うことは出来ないから、巧みにそう仄《ほの》めかしてあるわけですが……一本九万九百九円で売られています」

颯太は床に落としていた視線を上げた。

「もう一度。九千九百九十九円？」

「いえいえ、九万九百九円。消費税が付くと一万円札十枚で一円玉一個のお釣りが来ます。ほぼ十万円。最近、よく耳にする金額だと思いませんか」

「特別定額給付金」

颯太ではなく爽太が、間髪を容れずに答えて、児島は重々しく頷いた。

「家族が買わされた、告発してほしい、という声はうちの報道番組にも寄せられているんですが、社の役員にも信者が——」

2

三日後のオンエアを颯太は見逃した。ロケがあった日の午後、突如として三十八度五分の高

熱に見舞われたのである。これは来た、と思った。若者の死亡率は限りなくゼロに近いとの知識はあるから生命の危機は感じないが、世間に知られた場合の魂の危機に気付いた。アマビエがコロナ！　自分でも可笑《おか》しかったが、それは取りも直さず他人にとっては噴飯ものということだ。

「トレンド入りだよ……ヘッドラインだよ……」

その夜、颯太は「文春砲」の夢をみた。それは青々とした海を見下ろす真昼の砲台に設置され、一帯は今や芝生に被《おお》われた公園となり、行楽客で賑《にぎ》わい、ベビーカステラの露店も立っていた。

「颯太、おい井筒颯太」

三年の片山翼《かたやまつばさ》が自分を呼んでいる……なんで僕の名前を？　翼は砲身に片肘を突き、

「これが文春砲だ。ちょっと撃ってみろよ」

姿勢は動かさぬまま、長い長い反対の手だけを泳がせて颯太を摑まえようとする。抱え込まれてしまいたい誘惑にかられたが、そんな態度を見せれば気持ち悪がられるに決まっているから控えめに後退《あとずさ》って、

「僕には無理です。弾丸《たま》を持ってないから」

「なんだ、持ってねえのか。撃たないと撃たれちゃうぞ」

「すみません。でも……そうだ、靴下ならあります！」

箱形の通学リュックを慌てて芝生に下ろし、中を手探りしながら、戸外だというのに顔にマスクを着けていることを思い出した。翼は着けていない。合わせて外した方が良いだろうか？　いや、外したら男子だとばれてしまう。興味を失われて、もう話しかけてもらえないかもしれない。モスグリーンの靴下はさいわい買った時のまま鞄の底に留《とど》まっていた。取り出して翼に見せ、

「入ってました！　これほら、片山さんが履いてるのと同じ。無印良品ですよね？　僕、気付いたんです。お店で、この色だってすぐに判《わか》ったんです。廊下で片山さんと擦れ違う時、いつも下を見てるから。僕が履くつもりで買ったんですけど、良かったら片山さん、どうぞ」

「要らない。持ってるから」

ゆったりした白いズボンを海風にはためかせながら、彼はそう無表情に告げた。浅黒い肌といい顔立ちといい広い肩幅といい、金子國義《かねこくによし》が描く反逆児そのものだと、ただし唯一の違いは、こっちの反逆児はよく笑っていることだとも、颯太は常々思ってきた。しかし今、その口元に笑みは無い。

目覚めると熱は退《ひ》き、また予想していた通り母親が帰宅した気配は無かった。用心のため学校は休むことにしたが、無断欠席はウイルス感染の疑いと噂《うわさ》に直結すると思い、電話をかけて担任に、父が痔《じ》の手術をして身動きがとれないので付き添いますと嘘をついた。実際にはそれは颯太が小学生の時の出来事だ。

〈夕方、行っていい?〉

とスマホに爽太からのメッセージが入っていた。

〈だめ。コロナかも〉

〈まじ?〉

〈大魔神〉

「おおまじ」と打ったら乙《おつ》な予測変換がなされたので、そちらを送信した。撮影までの期待、緊張、当日の高揚感と、それらが一気に過ぎ去って文字通り「咳《せき》をしても一人」となった現在との、ギャップが大きく、侘《わび》しく、ひどく馬鹿な真似をしてしまったような気がしていた。最中は気にしているどころではなかったが、学校での撮影を思い返せば、それは耳が痛いほどの笑いの渦中の出来事だった。

冷蔵庫にある物を温めたり炒《いた》めたりで食べ、アマビエの衣装の気になっていた箇所を縫い直したりしながら、終日、家のなかで過ごした。もう身に着けることはなかろうと予感しているのに、従って弄《いじ》りまわしても無駄、という風に見切るのが苦手な性分だ。小学一年の通知表の図画工作欄には「仕上がりは美しいが時間がかかり過ぎ」と書かれた。作業が遅いのではない。むしろ手早い。しかしなかなか提出しない。これで完成、と見切りをつけられない。

兼定爽太も、作業が早いにも拘《かかわ》らず小学校の通知表には似たようなことを書かれていたそうだ。しかし提出が遅れるプロセスは正反対で、彼の場合、どれほど完成に近付いていようが刻限が迫っていようが、気に食わない部分を見付けるや全体を叩《たた》き潰《つぶ》して一からやり直してしまうのである。周囲は啞《あ》然《ぜん》とするが、本人は一貫してひとつの作業を続けているつもりでいる。

食事のとりかたも同じ流儀。例えば食べているサンドウィッチを不味《まず》いと感じた時、原因をつくっている具材を先に片付けたりしてなんとか美味《うま》く食べきろうとする颯太に対し、爽太はさっさと新しいサンドウィッチを買いに行く。その調子で高校生活もリセットしてしまった。二年になってからは一日も登校していない。暇なものだからしょっちゅう家に遊びに来る。学校から帰宅するとすでに訪れていて、颯太の母と談笑していることさえある。

中学時代は、心惹《ひ》かれ合っていたというよりもクラスの余り者同士が行動を共にしているに過ぎなかった二少年だが、今は一対でいることに価値を見出している。一見、共通点が多い。けれどもそれらの内実は対照的ですらある。このことは、双方、相手にとって恰好の相談相手であることを意味する。

ひとつの事象をまるきり異なった角度から眺められる。とりわけ颯太の父が家を出ていってから、ふたりはその意識を強くしていた。心象のフィルムを重ねてみて完全に合致している感覚には、普遍性がある可能性が高い。たったふたつのサンプルなのにまるきり異なっていれば、そこはどちらか、もしくは両方に突出した感覚だ。

颯太の父は妻に愛想を尽かして逃げ出したが、爽太の父は放蕩《ほうとう》が祟《たた》って妻から家を追い出された。いずれも人から羨まれる環境ではない。しかしいかなる物事にも必ずプラスの側面がある。家庭から父親が消えたことについても、ふたりはそう考えている。だからきっとこれは普遍的感覚なのだろう。

ふたりはこう感じている。これでもう「普通」の少年でいるために人生を浪費する必要はなくなった。しかしながら颯太にとっての「普通」と爽太にとっての「普通」は、グラフの縦軸と横軸くらい違う。

颯爽という見映えのする熟語を分け合っているふたりには、共に名が体を表していないという共通点もある。「颯」太は、ちっとも元気潑溂《はつらつ》としていない。幼児の頃から腺病質で怪我《けが》もしやすく、病院にばかり行っている。整列を伴う学校行事は天敵だ。最後まで立ち眩《くら》みを起こさずにいられる確率は五割を割る。「爽」太の口調や目付きは、ちっともさわやかでも明るくもない。皮肉屋のひねくれ者、そして野心家、戦略家だ。

アマビエのコスプレと称するべきか、より可能性を汲《く》んでアマビエ・ファッションとしておくべきか、ともかくそういったもののアイデアを得てスケッチしたのは颯太だが、それを大急ぎで制作するよう強く勧めて、颯太がその気になりはじめるとさっさと発表の場を設定したのは爽太だ。

美術の授業で描かされるかっちりした絵よりも、サインペンや筆ペンでさらさらと描き色鉛筆で簡単に彩色したイラストレーションの方が、自分らしいと颯太は思う。彼が描いた「アマビエ」は北見隆の女性ばりの十二頭身で、膝に達するほど長い髪はピンク、嘴《くちばし》は烏《からす》のように弓なりに下がり、上半身を鱗《うろこ》形のスパンコールで飾られたノースリーヴに包んでいた。またスカートは当初、腰の丸みを強調するマーメイド・ラインを描いていた。近々に立体化する予定など無かったから、現実には落とし込みにくい、それ自体が夢見ているような曲線だった。従ってこれは厚いサテンの、マキシ丈の、アコーディオン・プリーテッドに変更となった。

いざ「アマビエ」を創造するとなった際、その中身を誰にするかの議論は生じなかった。分かりきったこととして、二少年の間では話題にすら上らなかった。極端なまでの変形を経てなお、スケッチブックのイラストは颯太の自画像に他ならず、爽太に対してもそう、ペスト医師のようなマスク越しに宣言していたから。

3

翌日も、翌々日になっても母は帰ってこなかった。もともと病弱だけに巣ごもりに苦痛はおぼえないが、さすがに冷蔵庫の中身が尽きてきた。なんとなく身がだるく、ときどき空咳が出る。鈍い腹痛もおぼえる。しかし風邪《かぜ》気味の時はいつもこうだという気もする。熱を測ってみると三十七度をすこし超えていた。

不安が募ってきて、夕刻、とうとう父にＳＯＳのショートメッセージを発した。すぐさま電話がかかってきた。

「いまテレビを見てた。元気そうだと思っていたら」

「あ、オンエア……今日か。え、なんで知ってるの」

「やっぱりな。じつは美里《みさと》さんから一緒に出演するとメッセージが。でも君と友達だけだった」

「見忘れちゃったよ」

「録画してある。ディスクに焼いてあげよう」

「お父さん、会社は？」

「ずっとリモートワークだね。大した用も無しに行くと叱られる。それより、どうなってるんだろう？　美里さんはまた例の仲間のとこ？　テレビにも出ていなかった」

母の魂胆は明白だった。四王天薫の写真や著書と一緒にテレビ出演している自分たちを、出ていった夫に見せつけ、もはや母子して信者だとアピールしたかったのだ。

颯太は撮影時の一連を父に語った。

「十万だって⁉」

「うん……でも怒りきれなくて。自分への給付金を息子のお守りに遣うだなんて、もちろん馬鹿げた買い物だとは思うよ、でも、やっぱり母親なんだなって」

父の相槌《あいづち》が無いので、

「もしもし？」

「聞えてるよ。ねえ颯太、残念だが俺は君よりもだいぶ、美里さんとの付き合いが長い」

「そりゃあ」

颯太の両親は中学の同級生だ。交際が始まったのは双方社会人になってからだが、離れ離れの期間を経て再会したわけではなく、共通の友人がいたり同窓会があったりで、わりあい顔は合わせていたという。

「だから行動パターンには詳しい。美里さんはちゃっかり屋だよ。間違いなく自分のお守りも買っている。つまり君の机にあったそれに遣われたのは、政府から君への給付金だ」

「……まさか」

「では受け取った？　あるいは遣い途《みち》を相談された？」

颯太は返答できなかった。頭の中はそれどころではなかった。彼の推理は幾つかの事実と見事に整合している。

父が家を出てからの颯太は母の信仰にきっぱりと否定的で、詰問に及ぶこともままある。すでに家庭は崩壊しているのだから怖いもの無しだ。宗教ではないと彼女は言う。勉強会だと言い張る。

——だから、なんの。

——哲学だってば。

——学派は？

——学派には縛られていないの。いかなる学派にも縛られていないからこそ、あらゆる学説を説明し統合しうるわけ。地動説に対して「それはどの天動説だ」なんて滑稽な質問だと思わない？

——そんな物凄《ものすご》い哲学を、教祖はいったいどこで学んだのさ。

——教祖じゃないってば。学祖よ。超越学祖。

——どっちでもいい。どこで勉強したって？　東大？　ＩＣＵ？　ソルボンヌ？

——大学で学んで学祖になれるなら世の中は学派だらけだと思わない？　アインシュタインに「あなたはどこで掛け算を学んだんですか」と訊《き》いたって、そんなこと相対性理論とはなんの関係も無いわよね？　四王天先生は森羅万象に通じていらっしゃるけれど、薫習哲理は読み書きそろばんみたいな学びの基礎じゃないのよ。その領域に至るには奇蹟《きせき》的飛躍が必要なの。それは誰にでも可能。でも真のチャンスは一生に一度くらいね。先生の場合、全身に転移した癌《がん》によっていよいよ死を待つばかりの昏睡《こんすい》に陥ってしまった時、夢の中に現れた全智神から直接教えを授かることが出来た。

——いやそれ宗教だから。いんちきカルト。しかも相当な完成度の。

——うん、うん、私も最初はそう思っていた。最初はみんなそうなの。

最後は必ずこの論法で切り返してくる。いまあなたが佇んでいる道は、私たちが既に通った道。それがいっそう颯太を激昂させる。

そんな緊迫した問答に至った時でも、彼女が家から姿を消すのはしばらく時間を置いてからで、お友達の◯◯さんがご病気なのでその看病に、といった置き手紙があるのが常だ。もちろん格上の信者に相談し、そうするよう指示を受けているのだろう。そして二、三日後、すっかり癒やされ燃料満タンになって戻ってくる。

ところが今回はいきなり逃げた。パニックに陥ったのだ。布教活動を見咎《みとが》められたという意識なら、奨励されているとおり笑顔を絶やさず乗り切ろうとするはずだ。彼女の中で鳴り響いたのは別種の警報だったと考えれば、筋が通る。なんなら刑法に引っ掛かる。

「熱は」

「さっき測ったら三十七度」

「じゃあコロナじゃないよ。二時間後くらいにそっちに顔を出すから。いや、美里さんが戻ってきたら厄介だな。ココスまで行けるか」

「うん、でも感染者かもしれないのに」

「誰でもそうだよ」

4

「――こんなふうにマスク着けて、日に何度も手洗いして、不要不急の外出は避ける、学校に行くなと言われたら行かない、行っても無駄口は慎み、決してじゃれ合ったりせず、昼食は無言、部活は離れ離れで手短に、で？　それで？　って話じゃないですか。コンサートは中止、スポーツ大会は中止、お祭りも中止、コミケも中止、そのぶん楽しみの貯金がたまっていくなら我慢のしがいだってありますけど、代わりに僕ら、何を貰《もら》えるわけでもないんです。ただ楽しみが消え失《う》せるだけなんです。あてど無くじっとさせられている間に、僕らの青春はどんどん過ぎ去っていきます。一度しか無いのに。もちろん強制されているんではなく、納得尽《ず》くで協力してるんだっていう意識はあります。協力というか貢献ですね。でも自分は貢献したなあって思えるのって、結果が見えた時じゃないですか。自分が住んでる街のコロナウイルスが減ってるか増えてるかなんて、誰にも見えない。誰にも見えないレースでみんなして同じ馬に賭けてるみたいに、国や都が発表する感染者数に一喜一憂することしか出来ないんですよ。ましてや僕ら普通の高校生に何が出来ますか？　ワクチンの開発に協力することも給付金を配ってまわることも出来ない。オリンピックならボランティアが出来ますけどウイルス退治のボランティアなんかありえない。家でじっとしているのが一番なんだから。これってどういう状態かっていうと、要するにみんな、本当はおとなたちもです、ただ祈ってるんですよ。マスクも手洗いも街ががらがらなのも、しょせん祈りなんです。密教の加持祈禱《かじきとう》ってあるじゃないですか。あれと変わんないと思うんですよ。手洗いは科学的だが加持祈禱は非科学的だって言われるかもしれないけど、加持祈禱にだって心理的効果はあってそれで持ち直す病人はいたはずだし、逆に今よりずっと科学が発展している二十五世紀くらいの人から見たら、二十一世紀ってさ、水と石鹼《せっけん》で手を洗ってウイルスから逃れようとしてたんだよね、野蛮っていうか何パーセントかは確実に死ぬでしょそれ、みたいな話じゃないですか。とどのつまり、コロナ対策と称して僕らのやってることって、一切合切、全部が祈りなんですよ。アマビエの絵を描くのが流行《はや》りましたけど、あれもそうですよね？ 祈り。僕らには祈ることしか出来ない。じゃあ有り余るエネルギーを祈りに投入する以外、僕らが中年や老人になってこの二〇二〇年を振り返って『あの時代にはあの時代なりに良いこともあった』って思える方法、なにかありますか？ だから全身全霊、青春のありったけを投じて祈ることにしました。アマビエを描く、どころじゃない。演じる。ていうか創造する。井筒くんがやってることはたんなるコスプレでの通学じゃないんです。彼の付け耳やスカートは見ての通り魚の鰭《ひれ》をイメージしています。胴を包んだスパンコールはもちろん鱗です。すなわちそれらは海を表している。一方でマスクの嘴は鳥、つまり空の象徴です。地上という地上を覆い尽くすウイルスからの救済を希《こいねが》うべき対象は、海、そして空だという事実を示して、この五月、都心上空を飛んだブルーインパルスのエンジン音に呼応しています。彼らがなんのために飛んだか憶《おぼ》えてますか？ うん、医療従事者への感謝を表すためです。ちょっとワイプで井筒くんのマスクを画面に入れてください。アマビエの嘴にしては長いですよね。じつはこのイメージの源泉はアマビエの嘴だけじゃないんです。ヨーロッパに黒死病が蔓延《まんえん》していた時代に活躍した、ペスト医師の仮面に敢《あ》えて近付けてあります。

医療従事者です。最も有名なペスト医師をご存じでしょうか？　ノストラダムスですよ、あの『予言集』の。彼は人類に対して滅びの警鐘を鳴らしました。滅びましたか？　だったら僕は生まれていません。『予言集』が育んだのは国籍、人種、文化を超えた、人類共通の祈りです。祈りは、ちゃんと通じるんですよ。それが強ければ強いほど、未来はそれに応えてくれる——」

父は食料と録画ディスクのみならずノートパソコンも持参してくれた。従って颯太は自分の出演した「フェイクハンターREIWARS」を、ファミリーレストランの座席で観賞することが出来た。颯太の母の出演がなくなったぶん、爽太の憑《つ》かれたような独演が長々とフィーチュアされ、そのアジテーターとしての稀有《けう》な能力を全国にアピールしていた。颯太は無論のこと猫又ももも一言も挟むことが出来ず、書割《かきわり》のように立ち尽くしている。

父が話しかけてきたので、映像を一旦停止してイヤフォンの片方を外すと、

「いや、兼定くんはいずれ薫習哲理を継げるんじゃないかと」

颯太は深く頷き、

「今からでも乗っ取れる」

「それが一番の解決のような気がしてきたよ」

「じゃあ僕はずっとアマビエ？」

「それは困るな」

「困るよね」

颯太は笑顔をつくって、

「大丈夫、もう終わったから」

「もう着ないのか。作るの大変だったろうに」

「スパンコールをいちいち縫い付けるのがね。途中で辟易《へきえき》してだいぶ予定より減らしちゃった。スカートはリフォームで、メルカリで買った古着の裾をジグザグにして縢《かが》っただけ。嘴マスクがいちばん大変だったかも」

「あれは何で出来てるんだ？」

「紙だよ。画用紙で形を作って、ひたすら和紙を貼り重ねて丈夫にしてある。付け耳は市販のコスプレ用。色が肌色だったからメタリックに塗っただけ」

「器用だな、君は」

「でももう、身に着けることはないと思う」

「番組では、毎日アマビエ姿で通ってることになってたけど」

「フェイクだよ。取材まででアマビエの格好をしたのは本当は一度っきりで、すぐに職員室に連行されて着替えさせられた。それまでの三十分くらいの様子を爽太くんが撮影していて、上手く編集して毎日のことみたいなコメントを付けてユーチューブに上げた。いろんなＳＮＳにリンクをばら撒《ま》いた。そしたら目論見《もくろみ》通り、テレビ局が釣れた。策士なんだ」

「そうだったのか。それも見たけど、周りの子たちが平然としているから慣れっこなのかと」

「みんな反応に困ってるんだよ。そういう時って人間、見えてないふりをするんだって知った」

「ああ……なるほど。よく学校はまた撮影させてくれたね」

「テレビが来るとなったら 掌 返《てのひら》しだよ。最初は僕を職員室に引っ張ってった生活指導の先生なんて、映りたいもんだからロケに割り込んできてさ、自分が考えたシナリオを一所懸命ディレクターに語ってんの」

「それは大変だったね」

「でももももちゃんが『ちょっと邪魔。こっちはスケジュール詰まってんだから』って追い払ってくれて、すかっとしたよ」

「ももちゃんってレポーターの？」

「うん……良い人なんだ。テレビでは不思議ちゃんを演じてるけど。しかも本名なんだって」

「猫又ももだっけ」

「うん。本当はマタの字が人偏《にんべん》に口に天って書く字なんだけど、間違いなく猫俣ももっていうんだって」

颯太の父はスマホを取り出し手際良く操作し、

「確かにあるよ、猫俣って苗字《みようじ》。全国に二十人だって。この苗字を温存するためだけにでも夫婦別姓には賛成したい。そうだ」

　と顔を上げ、

「ここに来る途中、バスの中で気付いたんだが、さっそくツイッターで炎上しているのは知ってるかな」

「僕らのこと？」

「まあ、うん。いや、言うんじゃなかったな。知らないなら見ずにおいた方が良い。愚にもつかない論争だから」

「見る気はないけど、どういうこと言われてるのかは知りたいかな。男がスカートを穿《は》いてるとか？」

「いやいや、テレビでの発言についてだよ。猫又さんが君に訊いたじゃないか、アマビエ姿で何をやるのか、マスク警察かって。君はそんなことはしないと答えてる」

「そりゃあ、嫌がる人に強いるようなことは。事情があって着けられない人もいるだろうし」

「それに対して怒り散らしている人たちがいて、それを嘲笑したり反発したりの人たちがいて、それにまた……というネットによくある堂々巡りさ」

「どこが問題だったのか、よく解《わか》ってないんだけど」

「アマビエのくせにノーマスクを容認したりして、感染拡大させたいのかと」

「いやアマビエじゃないし」

父は失笑し、

「尤《もっと》もだな。しかし現実として、君にアマビエとしてのモラルを求める層は既に誕生している」

「妖怪のモラルってなにそれ。本当は人類を呪うことじゃないの?」

「アマビエはその反逆者なのかなあ」

父がまたスマホを弄りはじめたので、颯太はイヤフォンを差してパソコンの映像を再開した。爽太の長広舌から切り替わって、再び学内でのアマビエ。オープニングの屋外でのアマビエ姿や自室での自分は直視できずに薄目で流したが、廊下を歩いている場面が想像していた絵づらとだいぶ違っていた。周囲の声は騒がしいものの、記憶にあるような嘲笑の色は帯びていなかった。敢えて分類するならば、声援というふうにそれらは聞えた。

児島の演技指導が入り、胸の前に両手を重ね、しゃなりしゃなり、花魁《おいらん》道中のような歩き方をさせられた。ふざけて命じられていると思った颯太は初め憤然となったが、実際にやってみると意外にも精神的に楽だった。ただ歩くというのは所在なく、両手の置きどころに困る。ましてや広く知られているアマビエの図には、腕が描かれていない。この問題をたちどころに解決してしまった児島の手腕に舌を巻き、なによりコミカルなキャラクターではなく美しい女の所作を求められたのが嬉《うれ》しかった。歩きながら感極まりそうになったが、家を出る前に猫又ももが施してくれたメイクを崩すわけにはいかない。目に力を込めて怺《こら》えた。

長いピンクの髪を揺らし光の束を引き摺《ず》って、しゃなりしゃなりと歩むアマビエ。颯太はいつしか虚心に、少しだけ本来の姿に近付いた自分に見入っていた。脳内の姿が質量を得て外界に飛び出し、眼球を経てまた脳内に戻る無限の循環で、どんどん自分の純度が増していくような、ふしぎな感覚をおぼえている。ましてや誇らしくも嘴の中の唇には、ももが大きな化粧品箱から最も似合うと選んでくれた、硬質な色合いの紅がこっそり塗られているのだった。緊張に顔を強張《こわば》らせている颯太に女は心優しく、

——綺麗《きれい》よ。

と暗示をかけてくれた。やがて颯太はアマビエの背景に、撮影中はまるきり気付かなかった浅黒い肌の眉目顔を見出した。祈りの化身を中央に捉え続ける画面を、彼は右から左にゆったりと流れ、消え際に長い長いその手をすうっと、画面を追うように伸ばした。颯太は信じられない想《おも》いで映像を戻して見直し、まぼろしではないことを確認した。指先の動きの起点は顔のマスクの中心だった。

「ちょっと」

と颯太はイヤフォンを外して立ち上がり、思い切り泣くためにトイレへ向かった。祈りは、

半身

吉川トリコ

吉川トリコ　よしかわ・とりこ

1977年、静岡県生まれ。

2004年、「ねむりひめ」で「女による女のためのR-18文学賞」大賞と読者賞を受賞。

作品に「マリー・アントワネットの日記」シリーズ、『女優の娘』『夢で逢えたら』『余命一年、男をかう』など。

「もこちゃんアイスクリームって昔あったの、おぼえてない？」

うわあ、なつかしい、もこちゃんアイスクリーム、あったね、あったあった、えーっ、まさかあの女の子が鳴《なる》ちゃんママだったのー!?　と返ってくるものだとばかり思っていたのに、ママたちの反応は鈍かった。

「ほら、もこもこもこもこちゃんもっこもこ〜、もこもこもこもこアイスクリーム〜♪　ってＣＭで歌ってたやつ」

当時、一世を風靡《ふうび》していたはずのＣＭソングを歌ってみても、思うような反応は得られなかった。ああ、たしかそんなようなの、なんとなく見たことあるような、ないような、うーん、どうだったっけ、地域限定とかじゃなくて？

「これ、このＣＭに出てた女の子、私なの。有原《ありはら》きよみ——って旧姓だけど、いちおう私の芸名っていうか……」

スマホの画面を差し出すと、うわあ、とだれかが声をあげた。古い記憶を掘り起こされた感嘆の声というよりは、いけないものを見てしまったときに喉の奥から漏れ出てくるような声だった。

【有原きよみ】で検索をかけると、いちばん最初に出てくる写真がある。まだ十歳にも満たないちいさな女の子が、短いスカートを穿《は》いたお尻をこちらに向けている。スカートの下からはもこもこした白いパンツが丸見えになっていて、【もこもこもこちゃんアイスクリーム】のロゴがお尻の部分に躍っている。

いまから二十年以上前、日本でトルコ風アイスの認知が広がるより前に、カップの中でぐるぐるかきまぜているうちにもこもこと弾力が出てくるアイスクリームが大手の乳製品会社から発売された。もこもこもこちゃんふっしぎだね～、ぐるぐるぐるぐるもっこもこ～♪　という歌に合わせて、ＣＭキャラクターの女の子がお尻を突き出すようにぐるぐる回すもこちゃんダンスも話題になった。

「ちょっと、これは……」

「やば、児童虐待じゃん」

「いまなら一発でアウトでしょ」

「90年代ってまだこんなかんじだったんだ」

「大らかな時代だったんだねえ」

「うわ、動画まである。削除依頼出しておこうか？」

それぞれ自分のスマホを覗《のぞ》き込んで、ママたちはいっせいに眉をひそめた。

もうすぐ卒園を迎える年長組のママばかりで、小学校入学の準備や情報交換もかねてひさしぶりにランチ会をしようと幼稚園の近くのカフェに集まっていた。緊急事態宣言が出たばかりだというのに、カフェの中は私たちと似たような年恰好《としかっこう》の、ママ友っぽい女性グループでほとんど埋まっている。最初の緊急事態宣言のときにくらべると、緊張感などないに等しい。

「いや、あの、ぜんぜんそういうんじゃないっていうか、私的にはネタの一つぐらいのつもりだったんだけど……」

これまでだれにも言わないでいたのに、どうして今日にかぎって話してしまったんだろう。

「ごめんね、おかしなこと言い出して。なんの話してたっけ？」

圭《けい》くんママは、圭くんをK-POPダンススクールのキッズクラスに通わせているとうれしそうに話していた。璃子《りこ》ちゃんママは、璃子ちゃんがキッズモデル専門のプロダクションの登録審査に通ったと誇らしげに話していた。きいちゃんママは、YouTubeの【きい姫チャンネル】の登録者数がついに一万人を超えたと得意げに話していた。

「鳴ちゃんママ」

きいちゃんママの手が伸びてきて、テーブルの上に置いた私の手の上に重ねられた。

「手、つめたくなってる。大丈夫？」

きいちゃんママの爪はきれいに整えられ、真珠色に塗られていた。ふいにカイロを押しあてられたようなあたたかさにぎょっとし、

「大丈夫って、やだ、なにが？」

あわてて私は手を引っこ抜いた。

いつからだろう。なんだかずっと気が急《せ》いている。

「圭くんの通ってるダンススクール、月謝が一万円近くするみたい。六十分のレッスンが月四回で一万円だよ？　ボーカルレッスンと韓国語のレッスンは別料金。日本人でK-POPアイドルになれる子なんてほんの一握りどころかほんのひとつまみでしょ？　お金をドブに捨てるみたいなことじゃない。璃子ちゃんが登録したっていうキッズモデルのプロダクションだって年会費とか撮影料とかなにかとふんだくられるみたいで、どうせろくに仕事も振ってくれなければマネージメントもしてくれないと思う。せいぜいメールでオーディションの通知がくるぐらいじゃない？　ほとんど詐欺みたいなものだよね。きいちゃんママなんてさ、キッズユーチューバー？　だかなんだか知らないけど、いま世界的に子どもの労働環境とかプライバシーを守るために規制する方向で動いているのに、チャンネル登録者数が増えたなんて無邪気に喜んでるなんてどういう神経してるんだろう。きいちゃんママは本人がやりたがってるって言い張ってるけど、ほんとかどうだかわかんないじゃん？　もし仮に収益が出ていたとして、ちゃんときいちゃんの報酬として扱ってるのかも心配だし。あんなちいさなうちから人前に出る仕事をさせられて、今後の人格形成にどんな影響があるかもわからないのに親の気が知れないよ。子どもがかわいそう」

一日の仕事を終えて書斎から出てきた夫に、ネットで調べた情報を織り込みつつ思うところを早口で述べたら、ふーん、ときわめてそっけない反応が返ってきた。

外資系のＩＴ企業で働く夫は、新型コロナウイルスの流行とともに会社全体がリモートワークに切り替わり、それからほとんどずっと家にいる。２ＬＤＫの北側の一室、いずれは鳴海《なるみ》の部屋にと考えていた部屋は、いまや夫の書斎と化している。

「慎《しん》ちゃん前に言ってたよね。そういう親の承認欲求充足ビジネスみたいなものに、子どもを利用したくないって。鳴にはいっさいやらせないでおこうって」

キッチンでみずから使ったカップを洗っている夫の背中に、さらに私は畳みかけた。

私たちは結婚式も挙げていないし、マタニティフォトもニューボーンフォトもお誕生日フォトも撮らなかった。あんなの人に見せびらかすためにやるもんだろ？　と夫が言うので、そうだね、お金がもったいないよね、と私も同調した。幼稚園のお遊戯《ゆうぎ》会で「さるかに合戦」の最初にやられるかにの役を、けれん味をきかせつつもリアリスティックな絶妙のバランスでみごとに鳴海が演じてみせても、夫は、ふーん、というかんじだった。鳴海本人がやりたいと言うので、去年からピアノ教室にだけは通わせている。

「風呂わいてるんだっけ？」

「わいてるけど……」

いつものことだが、夫に話をすかされるたびに、ちいさな失望が燃えないゴミのように体の内側に堆積していく。

「おーし、鳴ー、風呂いくぞー」

「はーい」

リビングの床に寝転がって本を読んでいた鳴海が、飛びあがるように立ちあがった。ジャンパースカートの裾《すそ》がまくれあがり、下に穿いているタイツが丸出しになっている。

水着で隠れる部分は大事なところだから、むやみに人に見せたり触らせたりしてはいけない。いまどき、小学校にあがる前の子どもでも知っていることだ。下着が見えないように、夏でもスカートの下にはオーバーパンツかスパッツを穿かせる。子どもの裸の写真をSNSに載せるなど無論NG、身内間でのシェアすらためらう。

いつだったか、古い友人たちとのグループLINEに、生後間もない赤ん坊の性器が丸見えになった写真が投げ込まれたことがあった。【ちょっとちょっと大事な部分が丸見えですよ】【ぼかしを入れるかスタンプで隠すかしないと】【うんうん、いまの時代どんな怖いことがあるかわかんないからね】とみんなで軽く注意したら、当の赤ん坊の母親はうさぎのキャラクターが腹を抱えて笑うスタンプとともに、【かわいいと思ってお裾分けしたのに】【いちいち気にしすぎだって！】【信頼できる相手にしか送らないし】【それともうちの息子の息子を見て興奮しちゃった？笑】と返してきた。ああやばい、これはやばいと思って、みんなで必死になって猫や犬やくまやねずみがけらけら笑うスタンプを送りあい、気まずさを笑い流した。

かつては表に出る仕事をしていた彼女たちも順に結婚して子どもを産み、顔を合わせる機会もなくなって、この頃ではグループLINEの動きも鈍くなりつつある。最初の緊急事態宣言の最中に投げ込まれた【みなさん、ちゃんと除菌してますか？　私は次亜塩素酸水をスプレーボトルに入れて部屋中を消毒してまわる次亜塩素酸水かけババアと化してます笑　加湿器に入れて使うのもおすすめ♪】を最後に、新しいメッセージがやりとりされることはなかった。

こういうのって、めんどくさい。

無添加のものしか食べさせないとか、子どもにワクチンを打たせないとか、ジェンダーフリー教育を徹底させるとか、コロナに対する処し方ひとつとってもそうだ。価値観が多様になればなるほどこんなふうに足並みがそろわなくなって、それぞれの家ごとに（家庭内でも）温度差があることに、どうしても焦《じ》れてしまう。一律にこうしろああしろと、強い言葉でだれかが決めてくれたら、私なんか喜んで従うのに。唯一絶対の正解をだれかに教えてもらいたい。

鳴海の着替えを持っていくと、抜け殻になった白いタイツがお尻を突き出すような形で脱衣所の床にぺたりと横たわっていた。タイツならよくて、もこちゃんパンツはだめというその理屈が、私にはいまいちよくわからなかった。

「ほら鳴、もう一回やってみて」

「えーっ、ずるい、次はパパの番なのにー」

浴室からは、夫と鳴海のたのしそうな笑い声が聞こえてくる。

父娘でいっしょにお風呂に入るのは、何歳までが正常で、何歳からが異常とされるのだろう。そんなことを考えながらタイツを拾いあげてネットに押し込んでいたら、一瞬のカットバックのように古い記憶が差し込まれた。もこもこもこちゃんもっこもこ〜、もこもこもこもこアイスクリーム〜♪ と歌いながら泡立てた石鹸《せっけん》を、私の脚のあいだにこすりつける男の手。すっと背筋が冷える。いまのいままで忘れていた。

あのとき、私は何歳だった？

もこちゃんアイスクリームはわずか数年で販売終了となった。最初はみんな面白がって手を出すものの、肝心のアイスクリームがどうにも粉っぽくておいしくなかったのが敗因だったといわれている。

「清美《きよみ》ちゃんのアイスクリーム食べたけど、おいしくなかったよ」

ＣＭが放映されてすぐのころに、同じクラスの芽衣《めい》ちゃんがわざわざ言ってきたことがある。クラスでも目立たない存在だった私が急にテレビに出はじめたことが、ただなんとなく面白くなかったんだろう。気に入らないから泥団子をぶつけてやる。すごくシンプルで子どもらしい行動原理だ。

「ママも言ってた。口の中でじゃりじゃりしておいしくないって。もう買わないって」

いつも高い位置で結んだツインテールが、もともと吊《つ》り気味の芽衣ちゃんの目をよけいに吊りあげてみせていた。私のアイスクリームじゃないよ、私が作ったんじゃないよ、と言い返したかったけど、それ以上みんなの注目を浴びたくなかったから、「そっか、ごめんね」と謝ったら、泥団子を突っ込まれたみたいに私の口の中もざらざらした。

販売終了間際まで私はCMに起用され続け、その出演料で母は都内に赤褐色の煉瓦《れんが》のマンションを購入した。母娘で暮らしていた郊外のアパートから引っ越し、芸能活動を容認する私立の小学校に転校したため、芽衣ちゃんとはそれきりになった。

CM出演を契機に、私は一躍「時の人」となった。バラエティ番組に引っぱりだこになり、ドラマや映画のオファーも殺到した。欠席と早退ばかりで、学校にもまともに通えないほどめまぐるしい毎日をすごした。そのせいか、当時の記憶は薄ぼんやりとしてはっきりしない。

「うわあ、もこちゃん、おっきくなったねえ」

最後のCM撮影のときに、スタジオにいた背広のおじさんに言われたことだけ、なぜか強く憶《おぼ》えている。もこちゃんアイスクリームの現場にかぎらず、どの現場に行っても私は「もこちゃん」と呼ばれた。そのときの役名でも、「有原きよみ」でもなく。

「すっかり大人になっちゃって。子どもの成長は早いなあ」

もう消費期限だね。これ以上おっきくなったらだめだね。使えない。そうはっきり言われたわけではないけれど、多分にそういうニュアンスが込められていた。「ギリだね、ギリ」とにやにや笑って男の人たちが囁《ささや》きあっているのを、スカート丈のことを言ってるんだと思って、裾を引っぱりながら、えへへ、と私は笑ってみせた。

いまにして思えば、これ以上大きくなったらしゃれにならないという意味の「ギリ」だったのだろう。折しも世間はブルセラブームの真っただ中で、女子高生の使用済の下着が高値で取引されることを、連日のように社会問題としてテレビや雑誌が大きく取りあげていた。

もこちゃんアイスクリームが販売終了になるのとほとんど同時に、私の子役としての寿命も終了した。

いつから棲《す》みついたのか、はっきりと憶えてはいないけれど、赤褐色の煉瓦のマンションでいまも母はあの男と暮らしている。自虐のつもりなのか、それとも本気で面白いと思っているのか、「もこちゃん御殿」とときどき笑いながら言う。


一月も終わりに差しかかったころ、悟朗《ごろう》から電話がかかってきた。

「きよみ？」とまず訊《き》かれ、「うん」と答えたら、電話の向こうでかん高い笑い声がした。外にいるのか、だれかの話す声や車のエンジン音が背後に聞こえる。トレードマークと化している革ジャンを着て、えんじ色のニット帽を目深にかぶり、路上で一人、腰をそらせて笑い声をあげるけったいな中年男の姿が浮かんだ。

「よかった番号変わってなくて。最近どうしてた？　俺？　俺はあいかわらず――ってこともないな。コロナでいろいろあってさ、企画がポシャッたり撮影が飛んだり、まあとにかくいろいろあって、なーんかむしゃくしゃしてきちゃってさあ。そんで、ひさびさに自主制作で撮ったろって思って、こうしてきよみに電話してるってわけ」

「待って。それって、つまり——どういうこと？」

リビングダイニングと廊下を仕切るガラス戸越しに、書斎の扉が閉まっているのを確認してから、私は注意深く言葉を発した。期待に濡《ぬ》れた、ものほしげな声にならないように。

悟朗は、私が十八歳のときに出演したインディーズ映画で助監督をつとめていた男だ。十年ほど前に監督した初の劇場版映画が国内外で高い評価を受け、いまでは錚々《そうそう》たる俳優陣が名をつらねる大規模な商業映画を手がけるようにまでなっている。鳴海が生まれて映画館からすっかり足が遠のいていたが、まさかテレビのロードショーで悟朗の作品が観《み》られる日がくるとは思ってもいなかった。

「まあなんだ、話せば長く……もならないんだけど」

反射的に私は笑った。身にしみついたこのリズム。こんなふうに定型をずらして笑いを誘おうとするのが悟朗のやり口だ。なんにも変わっていない。

「どっちよ」

面白くもないのに乗っかってやるのは、ただでさえ無駄の多い悟朗の話が、そうでもしないと先に進まないからだ。

マグカップにわずかに残ったコーヒーで喉を潤し、壁時計を見あげる。鳴海のお迎えまでにはまだ余裕がある。

いまや次世代の日本映画を背負って立つ監督の一人とまでいわれている悟朗が、ひさしぶりに自主映画を撮るといって旧知の女優に電話をかけてきている。これがどういうことなのか、察せられないほど私も鈍くない。

「それがさあ、ちょっとばかし困ったことになっておりまして……」

と前置きしてから、悟朗はもったいぶった口調で話しはじめた。

脚本もできあがり、キャストもスタッフも押さえ、いよいよ撮影に入ろうとしていたところで、折悪しく二度目の緊急事態宣言が出た。それでもなんとか撮影を敢行できないものかとあれこれ動いていたら、キャストの一人からNGが出た。出番は多くないが重要な役どころで、急ぎ代役を探しているのだがやや難航している。スタッフキャストともに全員PCR検査を受け、現場での感染対策も徹底している。撮影自体は二、三時間かそこらで終わるはずだ。

へえ、そうなの、それはたいへんだったね、コロナもね、やっぱり人によって温度差があるからね、と辛抱強く相槌《あいづち》を打ちながら私はじれじれしていた。この男はどうしてこうも話に余計なフリルが多いんだろう。

「そこで、ものは相談なんですけど……」

——きた。

スマホを耳に押しつけ、私は背筋を伸ばした。半日ぐらいだったら、夫に鳴海をまかせて家を空けられる。撮影までどれぐらいの猶予《ゆうよ》があるかわからないが、できるだけ体をしぼりたいから、今晩から炭水化物抜きにしよう。そうだ、美容院にもいかなくては――

「きよみんとこの娘、いくつになった？」

頭の中であれこれと段取りをめぐらせていた私に、電話の向こうで悟朗が訊《たず》ねた。なにかが破裂するような音が遠くに聞こえる。

「え、六歳だけど。この春、小学校にあがる……」

どうしてここで鳴海の話になるのか、すぐには理解できなかった。

「うわ、思ってたよりちいさいな。ほんとは十歳ぐらいの子がよかったんだけど……でも、最近の子は年齢よりでかく見えるから、まあなんとかなるか」

電話の向こうでぶつぶつ悟朗がひとりごちるのを、黙って私は聞いていた。深く息を吸い込んだら、くるくると鳩《はと》みたいに喉が鳴った。

「きよみの娘だもん、どうせかわいいんだろ？　見なくてもわかる――って、あ、赤ん坊のときの写真、フェイスブックかなんかにあげてなかったっけ？　どっかで見たことある気がするんだけど。まだ毛もろくに生えてないのに目鼻立ちがしっかりしてて、いつか使えそうだなって思ったおぼえがある。きよみの娘ならもうほとんど俺の娘みたいなもんじゃん？　昔のよしみで、ちょっとだけ貸してもらうってわけにはいかないかなあ？」

私がぱたりと相槌を止めたのを警戒だととったのか、悟朗が急に甘えたような声を出す。ほんとうに、なんにも変わっていない。こうやって女を懐柔しようとするのがこの男のやり口だ。これまでに何度、丸め込まれたかわからない。

「お迎えの時間だから、もう行かなきゃ」

まだ悟朗が話しているのを遮《さえぎ》り、私は一方的に通話を切った。


幼稚園の門をくぐると、ちょうどお迎えにきていたきいちゃんママと鉢合わせた。あまり話したことのない年少組や年中組のママたちと輪を作り、園庭で遊ぶ子どもたちを遠巻きに眺めている。会釈だけして立ち去ろうとしたが、どうしても遊んでいくと言って譲らない鳴海に根負けし、手招きされるまま輪の端に加わることになった。

「うちの子、【きい姫チャンネル】ばかり見て、スマホを離してくれないの」

「うちなんて、自分もやるんだって言って聞かなくて」

「うちもうちも。カメラを向けてやると、一瞬は落ち着くんだけど」

今日も話題は【きい姫チャンネル】のことでもちきりだ。ママたちから発せられる蜜を浴び、きいちゃんママの額がぴかぴか光っている。

女ばかりの集団には、放っておいてもまわりに人が集まる女王みたいな人が一人や二人いるものだけれど、うちの幼稚園でいったらきいちゃんママがそれだった。きいちゃんママの目元はいつも、幼稚園の送迎にはちょうどいいかげんのナチュラルメイクが施《ほどこ》されている。マスクの下は、色移りしないよう開発された最新のリップで淡く彩られていることが見なくてもわかる。

ちょうどいいかげん、というのが私にはわからない。だれが最初にそれを決めて、だれがそれに賛同したのかとも思う。私の知らないところで勝手に決められたルールがこの世には多すぎる。

鳴海が幼稚園に通いはじめたばかりのころは、気合いを入れすぎて囲みアイラインやハイブランドのワンピースで送迎に出向いてぎょっとされたりもした。主婦向けのファッション誌やネットの記事などを読みあさり、いまはなんとか周囲から浮かないようにしているが、もともとのセンス——ファッションセンスというより、生きるセンスが絶望的に足りないので、いつもなにかしでかしてしまわないかとびくびくしている。

園庭の遊具で飛びまわって遊ぶ園児たちを横目に、鳴海はまっすぐ砂場に向かい、砂をバケツに溜《た》めては引っくりかえすという独自の遊びをしていた。仲良しの子が何人か声をかけにきたが、誘いには応じずひたすら砂場で遊んでいる。引っくりかえされた砂はさらさらと流れていって、あとにはなにも残らない。

きいちゃんママが女王なら、娘のきいちゃんにもその素質はあって、さながら園のプリンセスのようにふるまっている。鳴海は取り巻きの一人として仲良くしてもらっているけれど、やや神経質で、悪く言えば協調性がない、良く言えば周囲に流されない芯の強さに、見ているこちらがひやひやしてしまうことがあった。淡い虹彩《こうさい》の大きな瞳や腰のない猫っ毛、姿かたちこそ私によく似ているが、内面は大いに夫の性質を引き継いでいるようだ。

「――ってこのあいだも話してたの、ねえ、鳴ちゃんママ？」

きいちゃんママから急に話を振られ、意識を引き戻された。

「ごめんなさい。ぼんやりしてて、なんの話だった？」

盛りあがっていたところに水を差し、輪の求心力がふっと弱まるのを感じた。

またやってしまった。みんなで飛んでいた大縄跳びに足を引っかけてしまった。

「ほら、フォロワーが増えるのも考えものだって話。注目を浴びるとそれだけアンチも増えるっていうか、最近コメント欄の治安が悪くて、片っぱしから削除依頼を出してるんだけど、それだけで一日が終わっちゃうこともあって――」

「あのね、うちの鳴海、映画に出ることになったの」

きいちゃんママの話を遮るように、私は声をあげた。

「木ノ嶋《きのしま》悟朗って映画監督知らない？　ほら、『鳥たちの贖《あがな》い』とか、えーっと、あとはそうだな、メジャーどころだと『エンゲージライン』とかの映画監督。その監督がいま自主制作で映画を撮ってて――あ、監督とは古い知り合いっていうか、ぶっちゃけ昔ちょっとつきあってたみたいなかんじなんだけど――これ、うちのパパにはないしょで、オフレコってやつで頼みます――で、その悟朗から電話があってね、鳴海を映画に使いたいって言うの。赤ちゃんのころの写真を見たときからいつか使えそうって思ってたんだって。面構えが映画向きだとかなんとか言ってたかな。いや、もちろん最初は断ったんだよ？　無理無理うちはそういうのやらせない方針だからって。でもあんまりしつこくて……ほら、お遊戯会で『さるかに合戦』やったでしょ？　あれの動画を送ったら、埋もれさせておくには惜しい才能だ、ほかの園児たちと比べてもずば抜けている、俺にあずけてくれれば子役スターにしてやる、日本アカデミー賞主演女優賞最年少受賞も狙えるとまで言われちゃって、まあさすがに盛りすぎとは思うけど、考えてもいいかなってちょっと思いはじめてるとこなの。だってほら、そんな世界的に評価されてる映画監督に褒められるぐらいだから、よっぽど見込みがあると思うじゃない？　うちは主人も私もそういうのにはあんまり気が向かないほうなんだけど、子どもの才能を伸ばしてあげるのも親の役目だもんね……」

——これは泥団子だ。

だれにも口を挟む隙を与えないように一息にまくしたてながら、ぞっとするほど冷めた頭の一部分で考えた。ただなんとなく面白くなかったから、気に入らないから泥団子をぶつけてやる。すごくシンプルな行動原理。だけどなんでだろう。泥団子を投げつけているのは私のほうなのに、舌を回せば回すほど口の中がざらざらしてくる。

「ほら鳴ー、帰るよ。今日はおうちでママと台本の読み合わせをするって言ったじゃない」

ママたちが見守る中、私は砂場で遊んでいた鳴海を無理やり引きずるようにして園の門をくぐった。こすりあわせた手のあいだから、音もなく砂がこぼれ落ちていく。

「これ、なに?」

鳴海が出演するシーンだけを抜いてプリントアウトした台本が一枚、きれいに皺《しわ》がのばされた状態でテーブルの上に置かれている。悟朗からメールで送られてきた台本を、夫に見つからないようにわざわざコンビニでプリントしてきたものだ。

「どうしてこれを――」

「そんなことはいまどうでもよくない? なんなのこれ? 俺にもわかるように説明して」

寝室で眠っている鳴海を起こさないように、つとめて抑えた声で夫は言った。

夫はいつもそうだ。私がなにかしでかすたびに、どういうことかと問いただす。おおよそのことは見当がついているだろうに、わざわざ私に説明させようとする。そうやって私を支配しようとする。愛してるけど、信じてない。

生きるのがへただと言って、かつて慎ちゃんは私を笑った。不器用で危なっかしくて放っておけないと言って、私にプロポーズした。こんなうまくやれない女を奥さんにしてもいいのかと私は訊ねたが、うーん、と慎ちゃんは少し考え込むようにこめかみを揉《も》み、「だって清美は女優でしょ?」と言った。質問の答えにはなっていなかったが、それで私は納得した。慎ちゃんがそれをわかっているなら、なんの問題もなかった。

「こういうのはやめようって前にも言ったはずだよね？」

むっつりと黙り込んだ私を諭《さと》すように、静かな声で夫は言った。「しかもこんな……」その先は口にするのもうんざりだと言わんばかりに、深爪気味の人差し指でA４用紙の空白を叩《たた》く。

夫はやさしい。私ができないことは無理してやらなくていいと言うし、私がしたいことはいくらでも好きにやればいいと言う。働きたくなければ働かなくていい。お金のことなら心配しなくていい。換気扇の掃除は業者に頼めばいい。食事を作るのがおっくうなら外に食べにいけばいいだけだし、女優の仕事だって、清美さえその気になればいつでも復帰したらいいよと言った。

だけど鳴海のことだけは、好きにさせてくれなかった。半分は、夫のものだから――。

「私は鳴海の母親だよ」

【児童公園。ミカ（幼少期）、のぼり棒に脚をからませて。】台本に書かれた文字をぼんやりと目に映しながら、私は口を開いた。これを書いたのが悟朗だと知られたら、こんなものじゃ済まないだろう。

「なにも母親失格だって責めてるわけじゃ……」

「そうじゃなくて――そうじゃなくて！」

思わず声を荒らげた私を、非難するような目で夫は見た。ああ、この目だ。自分は絶対的に正しいのだと信じ込んでいる人の目つき。ランチ会でもこちゃんの画像を見せたときのママたちも、こんな目で私を見ていた。

「慎ちゃんがこういうことをいやがるのはわかってる。でも鳴海の半分は私のものだよ。半分は、私にも権利がある」

「――は？」

唇をゆがめて夫が笑った。怒りを通り越して呆《あき》れかえっているような、突き放した笑い方だった。

「なにを言ってるの？　鳴海は――鳴海の心も体も人生も、ぜんぶ丸ごと鳴海本人のものだよ？　鳴海がどうしたいかは鳴海が決めることであって、半分どころかほんのひとかけらだって、俺たちにその権利はない」


【有原きよみ】で検索をかけると、いちばん最初に出てくる写真の次に、十八歳で出演した映画のスチールが出てくる。

【超衝撃！　もこちゃんアイスクリームで一時お茶の間の人気者となったあの女の子が十八歳即ヌード！】

引用元のURLをクリックすると、芸能人のヌード画像ばかりを集めたまとめサイトに飛ぶ。

【もこちゃん、立派になって……(*´ﾛ`*)】【おじさんの股間がもっこもこだよ】【俺に言わせりゃ、もこちゃんのピークは九歳】【大人たちにさんざん弄《もてあそ》ばれて、人生おかしくなっちゃったんだろうな】並んだコメントの一つ一つを、逃さずぜんぶ読みほした。怒っているのか傷ついているのか興奮しているのか自分でもよくわからなかった感情で頭の中がぐちゃぐちゃになっても読むのをやめられなかった。

「女優はね、十八、九のころにぺろっと脱いじゃうのがいちばんいいのよ。それがいちばんきれいな脱ぎ方。俺がマネージャーだったら、清純派だろうとなんだろうと関係なく十八歳になった瞬間に脱がせるね。二十歳超えていつまでも脱ぎ渋ってる、ああいうのがいちばんだめ。年を取れば取るほど、脱いだときのダメージがでかくなるっていうか、汚らしいかんじになっちゃうのに――あ、スタイルがいいとか悪いとかそういうことじゃなくて、イメージ的にね？――どいつもこいつもわかってないんだよなあ、なにをもったいぶってんだっつーの」

台本にはなかった濡れ場が急遽《きゅうきょ》差し込まれることになり、悟朗に説き伏せられた。当時、一線で活躍していた女優の名前を順に挙げ、彼女たちも十代で脱いでいると悟朗はたたみかけた。なるほどそういうものか、と十八歳の私は鵜呑《うの》みにした。悟朗が名前を連ねた女優たちは、その頃にはもう脱いではいなかったのに。

十八ではじめて脱いで、十九でも脱いだ。二十、二十一、二十二、二十三……それからも私は脱ぎ続けた。どんなちいさな役でも声がかかれば飛んでいって、カメラの前で惜しげもなく肉体をさらけだした。海外の田舎《いなか》町の名前を冠した映画祭で賞を獲ったこともある。

決して強制されたわけではない。すべて自分の意志で行ったことだ。映画は人間の生と性を映し出す芸術である。本物の女優ならカメラの前で脱ぐことを厭《いと》うなどありえない。恥ずかしがるほうが恥ずかしい。私だってスクリーンに女優の裸が映れば息を呑んで見入ってしまう。もっと、もっと見たいと思う。女優の裸は猥褻《わいせつ》なんかじゃない。根源的なエロスを喚起させる。生と性。女優の裸がないと説得力に欠ける。だけど、どうしてだろう。スクリーンに映るのは若い女の裸ばかりで、年を取った女の裸が映されることはほとんどない。人間の生と性を映し出すのが映画なら、老婆の裸体だって私はスクリーンで見たいと思うのに。

二十四、二十五、二十六と脱いで脱いで脱いで、求められるままに脱いでいたら、三十になるころには見向きもされなくなった。女優として、私は二度死んだ。

最後の映画出演は、鳴海を妊娠していたときだ。大きくふくらんだお腹《なか》とぱんぱんに張った乳房。臨月を迎える設定の主演女優の吹替だった。

もこもこもこちゃんもっこもこ〜、もこもこもこもこアイスクリーム〜♪

朝、いつものように鳴海に支度をさせて家を出た。そのまま幼稚園には向かわず電車に乗り、郊外の町に向かう。「今日は幼稚園いかないの?」しきりにたずねる鳴海に、「今日は特別教室に行くんだよ」と私は答える。「パパには内緒だからね。終わったらママとおいしいものを食べに行こうね」

ふいに、デジャヴュのようなものが体の中を通り抜けていった。こんなふうに母に手を引かれ、撮影に向かった日々の記憶がいまも焼却されないままどこかに埋もれている。撮影に行きたくないってなにそれ、やるって言ったのあんたじゃない、いまさらそんなわがまま通用しないよ、清美のわがままでみんなが困ることになるの、いろんな人に迷惑がかかるのよ、ママ謝らないからね、謝るなら清美が自分で謝りなさいよ。喉元をぐっと押さえ込まれるような感覚がしてうまく呼吸ができず、おしっこを我慢しているみたいに下腹部が窄《すぼ》まる。

三駅過ぎたところで座席が空き、鳴海と並んで腰をかけた。宙に浮いた脚をぶらぶらさせる鳴海の膝をちょんと突っついて落ち着かせ、昨日の夜遅くに母とやりとりしたメールの文面を読み返す。

【私のCM出演料を返して。いますぐお金がいるの】

【急にどうしたの？　どうしてお金がいるの？】

【鳴海を連れて家を出たい。そのためにお金がいる】

【ちょっと待って。慎ちゃんはなんて言ってるの？】

【慎ちゃんがどうとか関係ない。もう決めたことだから。私のお金を返して】

【あなたのお金は、あなたが家を出るときに渡したでしょう】

【あんなちょっとだけ。三百万もなかった】

【正真正銘あれでぜんぶ。交通費とか衣装代とか経費を引いたらあれしか残らなかった。あのときも言ったけど、子役のギャラなんて知れてるんだから】

【お金がないならマンションを売ってでも作って。どうせ私のお金で買ったんでしょ】

【この部屋はパパからの慰謝料とママが働いたお金で買ったんだって、何度言ったらわかるの】

【だって、もこちゃん御殿って】

【あんなの真に受けてたの？　冗談に決まってるでしょ】

【だったら、私にも慰謝料をちょうだい。子どものころ、あいつに悪戯《いたずら》された、その慰謝料】

それきり、母からの返信は途絶えた。金返せ。あれは私のお金だ。慰謝料払え。訴えてやる。しつこくメールを送り続けていたら、そのうち着信拒否された。嘘《うそ》をついているのは向こうのほうなのに、これじゃまるで私が金をたかっているみたいだ。

目的の駅に到着し、電車を降りた。西口を出て大通りを右へまっすぐ進み、堤防沿いの道に出たら左へ五分ほど進むと河川敷に児童公園が見えてくるはずだ。はじめて降りる駅だったが、メールで細かく指示されていたから迷うことなく先に進める。だれかがこうしろああしろと言ってくれさえすれば、私はうまくやれる。正しくなくてもいい。悟朗はほしい言葉をくれる。

もこもこもこちゃんふっしぎだね〜、ぐるぐるぐるぐるもっこもこ〜♪

口ずさみながら、鳴海の手を引いて堤防沿いの道を歩いていく。「鳴も歌ってよ、ママの持ち歌みたいなものなんだから」と言っても、鳴海は唇を尖《とが》らせて応じようとせず、「幼稚園いかないの？」となおも訊く。ぐずるような声で何度も。

「行かないよ、今日は。お芝居をするんだって言ったでしょう。ほら、教えてあげた台詞《せりふ》言ってみて」

scene17　児童公園

ミカ（幼少期）「どうしよう、おにいちゃん、とまらないよう」

ミカ（幼少期）が腰を動かすたびに、スカートの下から白いものがのぞく。

ミカ（幼少期）「こうしてると、ミカへんなかんじになってきちゃって」

ミカ（幼少期）、のぼり棒に脚をからませて。


たった二行だけの台詞。わざわざ台本を広げるまでもない。

悟朗からの電話ではコロナを理由にキャストからNGが出たような口ぶりだったが、実際は内容のほうに問題があったのだろう。こんなことを進んで娘にやらせようとする親がいるわけない。おぞましさに思わず握りつぶして、無防備にリビングのゴミ箱に捨てた。正しい親ならだれもがそうするように。

それを、夫は見つけ出したのだ。私の留守中にゴミ箱をあさり、わざわざ目の前に突きつけて、説明しろと要求した。鳴海は鳴海のものだと正しいことを言う人が、私を自分のもののように扱うのはどうしてなんだろう。

「寒くない？」と訊ねたら、空いているほうの手でなにかをつまむようなしぐさをして、「ちょっと」と鳴海が答えた。手袋をしているとなんだか閉じ込められているようなかんじがするのだと言って、鳴海は手袋をいやがる。そんなところだけ私に似ている。

「そっか。じゃあ、あったかくなるようにかけっこしようか」

天気はいいけれど風が冷たくて、ダウンのコートを着ていても少し寒いぐらいだった。足下から冷気が這《は》い上ってくる。夫の目をごまかすためにズボンを穿かせてきてよかった。

「えーっ、それはやだ！」

「なんでー？　ママと競走しようよ」

私は笑って、意思とは関係なくあふれてきた涙を空いてるほうの手の指でぬぐう。

寒くない？　と訊かれたら、どんなに寒かったとしても寒くないと答える。私はそういう子どもだった。ママがそう望んでいるのがわかったから。

今日のために、赤いジャンパースカートをネットで探して買った。もこちゃんが着ていたスカートみたいに丈が短くて、少しかがんだだけでパンツが丸見えになるような。タイツを穿いていない剝《む》き出しの膝が、白く粉をふいて震えている様子が、すぐ目の前にあるかのように浮かぶ。

「鳴、どうする？」

道の先に公園が見えてくる。赤や青や黄で彩られた公園の遊具が光って見える。私はこの子を――私の半身を、どこへ連れていこうとしているのだろう。

「どうしたいのか、鳴が決めてくれなきゃ、ママわかんないよ」

鳴海の手はあたたかかった。手を引いているのは私のほうなのに、鳴海に手を引かれているような心持ちで、吹きさらしの道をいく。

本校規定により

中島京子

中島京子

なかじま・きょうこ

1964年、東京都生まれ。
2003年、『FUTON』でデビュー。
2010年、『小さいおうち』で直木賞を受賞。
2014年、『妻が椎茸だったころ』で泉鏡花文学賞を受賞。
2015年、『かたづの!』で河合隼雄物語賞、柴田錬三郎賞を受賞。
同年、『長いお別れ』で中央公論文芸賞、日本医療小説大賞を受賞。
2020年、『夢見る帝国図書館』で紫式部文学賞を受賞。
作品に『彼女に関する十二章』『ゴースト』『樽とタタン』『キッドの運命』など。

ナカムラタメジが本校を去ってすでに十年の月日が流れている。

ゆえに、彼が本校と呼ぶのは、おこがましいというか、ずうずうしいというか、越権的な物言いであると、考える方もあるかもしれないが、人生の大半を本校で送り、本校と呼びならわしてきたタメジからすれば、それ以外に呼びようもないので、そこはご甘受ねがいたい、と彼は思っていた。

十年前は震災のあった年で、卒業式もままならなかったくらいだから、退任の挨拶などする場もあらばこそ、結局、教員間での送別会のようなものもないままに、長く勤務した学び舎《や》を離れることになったのは、タメジにとっては、たいへん残念なことであったが、生徒に一人の怪我《けが》人も出さずにあの大地震を乗り越えたことは、震源からはいくらか離れた東京郊外の学校だったことも幸いしたのであろうけれども、一教員として、安堵《あんど》に胸をなでおろす思いであったことも、つけ加えておかなくてはならない。

彼が本校に赴任したのは、五十二年前、一九六九年の春だった。

タメジは教育大学を卒業してすぐに本校の体育教諭となったが、そのとき同時に拝命したのが生活指導担当だった。

ちなみにそのときの、生活指導部長は昭和一桁生まれの女性教諭、クサマシメコ女史で、彼女が本校で教鞭《きょうべん》を執ることになったのは、まだ戦後まもなくの一九四七年であったという。放課後、生徒指導室で二人とくになにをするでもなくそこに居合わせることなどがあると、本校制服事始めを懐《なつ》かしい昔語りをする口調で語り始めたものだった。

「もう遠い、遠い昔のことですわ。ナカムラ先生はお若いからご存じないでしょうけれど、あのころはだって、あなた、制服も何も、服ってもんがあんまりありませんでしたでしょ。ですから、生徒たちもあるものを着るという感じで、統一感もなにも、あったもんじゃなかったんですよ。

うっかりするとモンペの子だっていたんですから。だけど、それじゃあんまりだということになって、本校にも制服が必要だということになりましてね。

それでも、新しいものを買わせるのもためらわれる時代でしたから、中学のセーラー服を自分で仕立て直せるようにと、布を最小限に使ったデザインを、当時の家庭科のスガノキヨ先生が考えられましてよ」

本校の制服は丸襟のブラウスに臙脂《えんじ》のリボン、くるみボタンの紺のブレザー、襞《ひだ》のないフレアーのスカートが特徴で、冬には中に紺色のカーディガン着用が許されており、コートも学校指定のウールのもののみ、着ることができると規定されている。靴下は白のハイソックスとなっていたが、のちに紺のハイソックスも使用を認めることになった。

クサマシメコ女史の、その制服への愛は強く、ゆえに生徒指導部長として、わずかの着崩しも許さないという厳しい態度で指導にあたった。

ところが、前出のように、ナカムラタメジが本校に赴任したのは、一九六九年、学生運動の余波を受け、全国各地で燎原《りょうげん》の火のように高校闘争が巻き起こったころだったから、「制服廃止運動」「制服か私服か」論争が巻き起こり、それが東京郊外の田舎《いなか》町、というのもはばかれる、ほとんど、山の中、としか言いようがない、多摩《たま》丘陵の小さな峰に建てられた修道院のような女子校にも到達したのであった。

「制服絶対反対！」

「自由化絶対賛成！」

「シメコ横暴！」

「管理教育絶対反対！」

山の中に少女たちのシュプレヒコールがこだまし、ヒートアップした生徒が数名、穿《は》いていたスカートを脱ぎ捨てて火をつけるという、「焚書《ふんしょ》」ならぬ「焚スカート事件」を巻き起こしたのも、この年だった。

「いい？　行くわよ！」

リーダー格の女生徒の掛け声に合わせて、六人の少女たちが颯爽《さっそう》とスカートを脱ぎ、

「エイ、エイ、オー」

と叫んで校庭の真ん中に投げ出した。

そして手に手に持ったスプレー缶から有機溶剤を吹きつけると、リーダー女生徒が取り出したマッチに火をつけて、その重なって低い山を作った紺のスカートに点火した。

もともと化繊混紡で石油系の原材料を使っていたスカートだったから、あっというまに火に包まれて、風に吹かれてゆらめく始末。

事態を知って駆け付けたクサマシメコ女史は、怒り心頭に発し、しだいに過呼吸を発症して、その場にうずくまって動けなくなった。

新任教師であるタメジはシメコ女史を背負って医務室に運び込み、消火器を持ってきて鎮火に努めるのみならず、火をつけたはいいが呆然《ぼうぜん》としている六人の女生徒たち、さすがに脱いだ後のことを考えていたらしく、体操ズボンの裾を膝まで巻き上げて穿いてはいるものの、ひどく間の抜けたブレザー姿の彼女たちを引っ立てて生徒指導室に行き、

「ご両親に買っていただいたスカートをダメにしてしまって、こんなことをするのが、ほんとうにきみたちの『自由』なのかどうか、今日は家に帰ってよく考えてみなさい。追って処分は担任の先生から連絡する」

と、申し渡したのが、生徒指導担当教員としての初仕事となった。

その後、医務室から生還を果たし、ますます意志を強固にしていったシメコ女史と、「制服

反対！」のプラカードを掲げる女生徒たちによる、壮絶な学園紛争が繰り広げられる……やに思ったのもつかの間、運動の中心となった三年生が卒業してしまうと、にわかに無気力、無関心、無責任の三無主義が少女たちにもとりつき、誰もが制服是か非かへの関心も失ったのであった。

「この機を逃してはなりません」

シメコ女史は、後輩のタメジに力説した。

「二度とあのようなことの起こらないように、管理を強化せねばなりません。服装の乱れは、心の乱れ。女子ならば貞操の乱れへと簡単に結びつく危険な兆候です。われわれ教師はリボンの紐《ひも》の結び目一つ、ブレザーやスカートの長さ一センチにも目を光らせて、生徒たちの心身を守らなければならないのです」

そう、宣言したシメコ女史の決意の背景には、無気力のマジョリティに隠れて、少しずつ、少しずつ、丈を伸ばしつつあった、不良少女たちのスカートの影があった。

むろん、都市部に比べて、私鉄終点からバスで山を登るような立地の女子校にあっては、通学の行き帰りに出会う他校の生徒の数も限られ、放課後に繁華街に出かけていくにもやや遠かったために、比較的のどかな制服規定違反しかなかったにもかかわらず、シメコ女史がときに鉄拳制裁も躊躇《ちゅうちょ》しないほどの、昭和の心で指導にあたったために、タメジの新卒新任教諭時代の制服指導は、それはそれは厳しいものであった。

シメコ女史が他校へ転任していった年、それは一九七一年の春のことだったが、相手が女生徒だからといって甘い顔をしてはつけあがる、服装の乱れは心の乱れ、これは本校の伝統と心得て、

「パーで効かなければ、グーをも辞さない鉄の心」

で指導にあたってもらいたいと、あたかも遺言のように後輩に託して、彼女は本校を去ったのであった。

そのころは体罰全般にいまよりずっと世間は寛容で、それどころかあんがい、価値のあるものと考えられているようなふしもあり、それゆえシメコ女史が糾弾されるようなこともまったくなかったが、かといって、学生時代から柔道を続け、体格もよく、帯は黒を締めているナカムラタメジが、女子生徒に鉄拳をくらわせるというようなことは、いかになんでも避けたいと、タメジは考え、ときに出席簿で頭を叩《たた》くくらいのことはしても、けっして生徒たちを素手で殴るようなことはしなかった。

しかし、それをいいことに、生徒たちのスカートの丈がしだいに、ぞろり、ぞろりと長くなっていったことには心を痛め、シメコ女史の跡目を襲って生徒指導部長を命じられたこともあり、なんとかせねばと悩んだ末に、毎朝、校門前での丈のチェックをシステマチックに導入することで、ナカムラタメジ新指導体制を確立したのであった。

生徒のスカート丈の、床からの距離を定規で測る。

というのは、前任者のシメコ女史も行っていた指導法であった。

床上がり35センチ内外。

これが当時の服装規定であり、シメコ教諭は抜き打ち的に、服装の乱れた生徒を呼び止め、呼び出しては、その制服の着崩し方全般に鋭いメスを入れていた。その中に、丈の長さのチェックもまた、存在したのである。

しかし、タメジが考え出したのは、朝の校門で丈の長い生徒を脇に引っ張ってきて、定規で長さを測り、長すぎる者は、その後、担任にしかるべく連絡して、放課後に生徒指導室に来させて、説諭をする、という方法だった。

これは、クサマシメコ女史の鉄拳に勝るとも劣らない、あるいは劣るとも勝らないというべき不評の指導法で、朝からタメジにスカート丈を云々《うんぬん》される女生徒たちが、巨漢のタメジを、「すけべ」「やりすぎ」「趣味でやっている」と陰口ばかりか、面罵するものまであらわれるほどであった。

しかも、戦争直後よりずっと発育のよくなった女生徒たちが全体的に身長を伸ばしているという説を根拠に、スカート丈の規定を「床上がり40センチ内外」「短め設定」に変更したのも、新指導部長たるタメジの仕業であったから、校則を厳しくして教師の権限を強めたうえに、朝っぱらから男の教諭が女子のスカート丈を測るとはなんたることと、悪評ふんぷんであった。

もちろん、タメジの丈調べに際して、ウエストのところでスカートを巻き上げて、指導を逃れようとする者もいて、タメジはスカート丈を愚直に測ることでは順守すべき伝統精神を守り切ることができないと感じて、ブレザーのボタンを開けさせて「たくし上げ」をもチェックする方針をとったので、違反者たちは逃れるのも難しかったのである。

それでも、比較的おとなしい、山育ちの女生徒がマジョリティの女子校だったために、いつのまにかそんな朝の行事にも慣れて、たいして違反する生徒も出てこない中、定規を持って校門に立つタメジの間の抜けた姿が笑い種《ぐさ》になる程度のことでしかなかったのだったけれど、その田舎の女子校にもスケバンが登場したのが、一九七五年のことであった。

その前の年に、警視庁少年一課が作成した手引「服装などから見た不良化のきざし」を、タメジも入手して入念に読み込んでいたのであったが、それでも本校のような山里に本物が出るとは、うかつにも思っていなかった、タメジであった。

その女生徒はウダガワサツキという者で、二年時に他校から転入してきた生徒だった。それゆえ、最初の二ヶ月は、本校の制服ではなくて他校の制服を着ていた。そのため多少、ガラが悪くとも、本校に馴染《なじ》むまでは見逃そうと、仏心を起こしたのが間違いだったと、タメジは深く後悔することになった。

二ヶ月後にウダガワサツキが登校した折に身に着けていたのは、妙に丈を短くしてウエストを絞った上に、裏地に派手なサテンの赤を使っていることを、袖をこれ見よがしにたくし上げることで強調したブレザー、ボタンを外して胸元を見せんばかりのブラウス、つきあいのようにだらしなく結んだリボン、そしてだらりと足首にまで届きそうなフレアースカートで、こんなものは何を測るまでもなく、生徒指導室行き、ということになった。

そのうえ、ウダガワは頭髪と眉毛をビールとオキシドールで入念に脱色していて、しかもくりんくりんにパーマをかけてきて、もちろん、ぺちゃんこにつぶした革のカバンも持っていた。お手本のような「不良スタイル」に、タメジも我が目を疑うほどであったが、その日から数ヶ月、ウダガワは生徒指導室の常連となり、指導室に来ない日は学校にも来ないという徹底ぶりとなったため、タメジの教師生活の中でも、もっとも長い時間をいっしょにすごした生徒の一人となった。

「喧嘩《けんか》のときに、剃刀《かみそり》とか持ってたら、殴れねえじゃねえか」

ウダガワは、漫画や映画のスケバン像を、そのようにして批判した。このように典型的な服装をしているからには、有力な喧嘩の武器のようなものも忍ばせているのではないか、いずれにしても校則違反だけれどもと、タメジが詰め寄ったときの答えだった。

ウダガワサツキは結局のところ、出席日数が足りなくて退学になってしまったのだったが、彼女が学校に出てこない理由も、ようは他校のスケバンと喧嘩をしているからで、東京郊外の女子校にまともに通っていると、他校との下校時間にズレが生じ、喧嘩をするべき時間帯に間に合わなくなってしまうからなのだそうだ。彼女の保護者は実母の姉である伯母《おば》だったが、そもそも、喧嘩する時間を奪うために本校に転入させたにもかかわらず、ウダガワサツキは伯母の心姪《めい》知らずな態度をとったことになる。

「なあ、ウダガワ。なんでそんなスカートを穿かなきゃならないんだ？　どうしてそんな恰好《かっこう》をするんだ？　あまりこう、なんというか、美しいとは思えないというか、おまえ、ふつうに制服着た方が、かわいいとは思わないのか？」

素朴な疑問にかられて、生徒指導室でそう問いかけたタメジに、ふと反抗的な態度を消したウダガワサツキが、こんなふうに答えたのをタメジは覚えている。

「これはよお、そうだな、あたいたちにとっちゃ、鎧《よろい》なんだよ。サムライアーマーだよ。かわいいとか、そういうのは関係ないんだ。関係ないというより、むしろ、必要ないんだ。鎧を着てないやつとは、戦争はしない。カタギにちょっかいはださない。お互いに、これを穿いてれば、戦いの準備ができてるってことがわかるんだよ」

「軍服みたいなもんか」

「あたいは一匹狼だよ、ナカムラ。群れるのは好きじゃないんだ。だけど、もし、よその連中が、ここの生徒に手を出したら、あたいは許しゃしないよ。ここの連中は、あたいが守る。覚えておきな。それがスケバンってものさ」

ウダガワサツキは長い、長いスカートを揺らしながら放校されていったが、こういうなんだかよくわからないアウトローのヒロイズムのようなものが存在した七十年代は、そのスカートの長さとともに変質して八十年代へと向かうことになった。

その七十年代最後の年に、ナカムラタメジは結婚した。

妻のリツコは本校の卒業生で、女子体育大学に進学し、本校に教育実習に戻ってきたときに、タメジがその指導教員となったことから、いつのまにかいろいろほかのことも指導する羽目になり、リツコは体育教員になることはやめて、専業主婦になった。

ところで、もちろん、八十年代に入っても、スカートの丈は長かった。

しかし、そこからウダガワサツキにあったような任侠《にんきょう》性が失われて行ったのには、このころにメディアに登場した暴走族姿の猫の写真などが、七十年代的な時代精神を打ちくだく破壊性を持っていたことと無縁ではあるまいとタメジは考えている。

それでも、タメジの耳に、ウダガワのつぶやきは長く残っていた。

「これはよお、そうだな、あたいたちにとっちゃ、鎧なんだよ」

スカートは鎧なのかもしれない。

毎朝、校門に定規を持って立ちながら、いつしかナカムラはそのことばかり考えるようになった。

それが長くても短くても、彼の女生徒たちにとって、スカートは鎧なのかもしれない。

それは戦闘準備が整っていることの証《あかし》であるとともに、何かから強靭《きょうじん》に彼女たちを守るものなのかもしれない。

「制服が女生徒を守る」

そう考えることは、初代、生徒指導部長であるクサマシメコ女史の薫陶《くんとう》を受けたタメジにとって、どこか受け入れやすい言説でもあったのだが、生徒たちのスカートの丈が、ふわり、ふわりと上昇していくにつれて、彼女たちがまとう物の意味も変質していくことに、はじめのうち、タメジは気づいていなかった。

八十年代の女子高校生のスカートは、長いと短いのせめぎあいの中に存在した。長いものはいぜん長かったけれども、一方で急速に短くなっていく兆《きざ》しもあり、ちょうどプラザ合意を経てバブル経済へと突入していく一九八五年あたりが、分水嶺《ぶんすいれい》であったと、ナカムラタメジは振り返りながら思うのであった。

丈が長いこと＝不良化と、七十年代の警視庁マニュアルを金科玉条のごとく信じていたタメジにとって、女生徒のスカート丈が短くなっていくのは、どちらかといえばむしろ歓迎すべきことのように感じられたものだった。

また、床上がり40センチ内外、という規定が、いつのまにか生徒たちのスカートの現実を映さないようになり、かなりまじめな生徒でも、スカートの丈ばかりは以前に比べてかなり短いという現実を見せつけられるようになって、タメジもよく考えないままに、丈の規定を、「床上がり45センチ内外」と変更することになってしまった。このころはまだ、「長い＝不良」の呪縛に、タメジ自身がとらわれていた時代で、少女たちは学園闘争もシュプレヒコールもないままに、学校側から譲歩を引き出していたといえる。

しかし、薄い化粧やピアス、肩のあたりでゆれる髪、整えられた爪といった、シメコ女史の言葉を借りるならば「心の乱れ」のあらわれた女生徒のスカートがどんどん短くなっていくのを見ているうちに、校則と実態の乖離《かいり》を感じないわけにはいかなくなった。

そして、クサマシメコ女史生徒指導部長時代以来、堅持してきたこの「床上がり」という丈測定方法についても、タメジは疑問を抱くようになっていったのである。

「床上がりがどうっていうよりも、膝周辺じゃないの？」

かつては本校生徒として紺のフレアースカートをまとっていたこともある妻のリツコが、本質に切り込む質問を投げかけた。

「膝を隠すか見せるかってところが問題なんだし、背の高い子と低い子では、床上がりで比べるのに無理があるでしょうって、高校時代から思ってた。発想がおかしいのよ。床から、じゃなくて、膝から、でしょう？」

膝から！

タメジの脳裏を、何かが貫通していくような驚きがあった。

膝から！

そこで校則の規定は「膝の中央より5～10センチ下」と、膝中心主義に改められた。これが一九八九年のことで、それは奇《く》しくも昭和が終わり、平成が始まった年であった。

じょろりと長いスカートの不良時代を完全に脱してみると、スカートの丈をもって校則に違反する生徒の数は少なくなっていった。それというのも、長いスカートを取り締まるときには有効だった、ウエストでのたくし上げチェックが、短いスカートを取り締まるときには有効でない、という事情も少なからず影響していたかもしれない。生徒たちは、適当な長さのスカートでタメジの校門チェックを乗り切り、登下校時の駅のトイレで、この「たくし上げ」によって丈の調節を図ったからだ。

化粧や髪型の変更も、駅のトイレが現場となったため、タメジのあずかり知らぬところで「心の乱れ」の実践は行われていたようであった。

このころ、タメジの心を煩わせたのは、短くなるスカートの丈よりも、長くなりよれよれとだらしなくなる靴下のほうであった。そう、九十年代は、ルーズソックスの時代だったのである。

いったいそのクシュクシュがなんのためのものなのか、タメジには理解できなかった。一説によれば、それが足を細く見せてかわいいと考えられているとのことだったが、もはやそれはタメジの「かわいい」の概念を大幅に裏切っていたから、いいとも悪いとも断じかねた。

このときも、タメジの心の奥底には、ウダガワサツキのしゃがれた声が響いてもいたのである。

「これはよお、そうだな、あたいたちにとっちゃ、鎧なんだよ」

タメジの目から見ると、ルーズソックスはどちらかといえば靴下というよりも、空手などのスポーツに用いる防具であるところのレガース、すなわち、すね当てのように見えたのであった。

「いいじゃん、あったかいし」

結婚の翌年に生まれた長女のミナミは、まさに九十年代に中学生となったが、地元の公立中学に入学して通ううちに、お約束のようにスカート丈は短くなり、靴下はクシュクシュになったため、タメジが金科玉条としてきた、シメコ女史仕込みの「服装の乱れは」をもって訓示を垂れると、娘は玄関で舌を出した。

「寒いならスカートを長くしなさい。そんなに短くては」

「はいはいはいはい」

口答えをしながら、娘はスルスルとたくし上げていたスカートをもとに戻した。

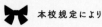

「行ってきまーす！」

すね当ては防具であり、「あったかい」を目指すなら防寒だし、白いソックスは本校規定に反してはいなかったので、タメジ個人は後に理事会から提案があるまでソックスに新しい規制をかけようとはしなかったが、本校のものであれ他校のものであれ、かがめば下着が見えそうなほど短くたくし上げられたスカートに関しては、ふつふつと怒りがこみ上げてきた。

「これは鎧ではない。むしろ、自らの弱さを晒《さら》して犯罪を呼び込む危険すらある、なんというか、これでは、その」

売春婦、という言葉を頭に思い浮かべて、タメジはぷるぷると首を横に振った。

また、このころは、制服や下着を男性客に販売する特別な店が賑《にぎ》わいを見せたこともあり、タメジは頭を抱えることになった。

制服＝鎧説は、完全に破綻した。

毎夜、うなされては、自らを呪っているタメジの姿を見かねて、妻のリツコは言ったものである。

「制服は鎧じゃないわ。そんなふうに思ったことない。スカートを長くしていようが、短くしていようが、年頃の女の子たちは好奇の目の犠牲になり続けてきたの。あなたが校門で長さをチェックしていたころに、大急ぎでトイレにかけこんで、スカートにくっついたものを泣きながら洗い落としてた子がいたことに気づかなかった？」

「じゃあ、なんなんだ。制服は、それ自体が誘蛾灯《ゆうがとう》みたいに、好奇の目線を惹《ひ》きつけるものだっていうことなのか。そんなもの、着せない方がましなのか！」

「そうね、そうかもしれない。だけど、それは最終的には、制服であろうがなかろうが同じことよ。ある年齢に達したら、そういう視線に晒される。年齢に達しなくてもそういう目に遭う子はいる。でも、やっぱり、中学生や高校生は、犠牲になりやすいかもしれない。いつだってそう。わたしたちのころだって、今だって変わらない。ただ、いまは、そういう視線の対価が支払われる可能性に、子どもたちが気づいちゃっただけ」

そう言うリツコの隣で、長女のミナミは屈託ない表情を浮かべた。

「お父さん、鎧とか、誘蛾灯とか、そういうのはないんだよ、制服には。着たい制服と、着たくない制服があるだけだよ。女子たちは、自分が着たいか着たくないかしか、考えてないよ。お父さんはスカートに意味を持たせすぎなんだよ」

ナカムラタメジの中で、何かが大きく崩壊していった。

そして一九九五年に、娘のミナミが本校に入学し、なんと「制服モデルチェンジ運動」の先頭に立つことになるのである。

「時代は、タータンチェックだよ、お父さん」

と、ミナミは言った。

「フレアースカートはださいよ。タータンチェックのアコーディオンプリーツか、せめてボックススカートだよ。ブレザーにはエンブレム入れてよ。美術部の子が作ってくれるはず」

制服を変える？

タメジにはシメコ女史の思い入れが、師から弟子に受け継がれるように継承されていたため、この、娘の提案には驚愕《きょうがく》しかなかった。

ところが、これから少子化時代を迎えるにあたって、制服をモデルチェンジしてブランドイメージを高め、受験生を確保することは、今後の本校発展のために必要な戦略であるとの、理事会の見解が示されて、じつに五十年ぶりに本校制服が変更されることになったのは、一九九七年のことであった。

娘のミナミは、高三の一年間のみではあったが、エンブレムつきの紺のブレザー、ブラウスにリボンタイ、赤紫を基調としたタータンチェックのボックススカート、そして紺色のハイソックスに変更された制服を嬉々《きき》として着用することになった。

スカートの丈に関しては、そもそもの規定が以前よりも短く、「膝の中央より10センチの間」となった。つまり、タメジが死守してきた「膝」周りの規定が、「見えない」から「見えてもよい」に変更されたのである。しかし、これを機にルーズソックスが禁止になり、靴下は紺のハイソックスのみと改定された。

時代は二十一世紀を迎えようとしていた。

新しい制服はおおむね好評で、近隣の中学生たちにもうけがよく、受験生の数は理事会の思惑通りに順調に増え、そればかりか、校則違反をする生徒が減った。

「女子たちは、自分が着たいか着たくないかしか、考えてないよ」

大好きな制服を着て、ニコニコ笑って卒業していった我が娘、ナカムラミナミの言葉は、タメジの頭の中でウダガワサツキの「鎧発言」と入れ替わった。

それでも、毎朝、校門に立ち、少女たちの服装の乱れに目を光らせることをやめようとは思わなかった。それは長い教師生活の習い性のようなものであったし、二〇〇一年に本校校長の任につき、教科を受け持つ機会のなくなったタメジにとって、生徒たちに接する重要な習慣であり続けたからだ。

ほとんど使うこともなくなった定規を手にして校門に立ち、

「おはようございます！」

と、大きな声をかけるタメジに、生徒たちが「シドウ」というあだ名をつけたのも、このころだった。

それはナカムラタメジが「生活指導」を担当していることと、若手の歌舞伎役者で若者の間で人気が出てきた俳優が「中村獅童《なかむらしどう》」という名前であることに由来する、一種の掛詞《かけことば》だったが、「シドウ」「シドウ校長」と陰で呼ばれていることに、タメジは長いこと気づかずにいた。

それよりも二〇〇〇年代に入ると、新たなムーブメントが、シドウことタメジを驚かすことになったのである。

本校は、東京都下でもとくに山間《やまあい》の地域に立っていて、とくに冬は寒いことで知られている。けれども生徒たちのミニスカート志向はこの多摩丘陵にも波及して、九十年代以来のミニ傾向は続いていた。

しかし、いかんせん、寒い。

非常に寒い。冷える。

ということで、埴輪《はにわ》ルックは登場したのであった。

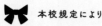

スカートの下に、ジャージを穿くのである。

登校時に、たしかに埴輪のような恰好の生徒が現れたときは驚愕し、そのけったいな服装をやめるようにと、こんこんと説いたタメジだったが、

「だって、寒い。冷える。おなか痛い」

と、反論されると、どうしたらいいかわからなかった。

「ああ、たしかに寒いよね。気持ちはわかるよ」

大学も卒業して社会人になっていたミナミは、あっさりとそう認めた。

「でも、あれはみっともないわよ。せっかく、かわいい制服を着てるのに、あんな原始人みたいなのじゃ、台なしよ」

と、妻のリツコは声を荒らげたが、埴輪と原始人はまったく違うものではないかと、密《ひそ》かにタメジは考えたものである。

「品位にかける」

ということで、即刻、埴輪ルックは禁止となったが、生徒たちは最寄《もよ》りの駅までたどり着くと、トイレでしっかりジャージを穿いていたようである。

これはなんなのか。いったいなんなのか。

好きな制服を着られれば、それを着崩す必要もないのではなかったのか。

寒いなら、タイツを穿くのではだめなのか。

それとも、これは新手の鎧なのか。

埴輪ルックという名称の由来となった埴輪は、六世紀代の人物形象埴輪で、その国宝の名前は「埴輪武装男子立像《りゅうぞう》」、すなわち、やはり鎧兜《かぶと》をつけた人物の姿なのであった。

武装男子立像！

武装！

ということは、やっぱり鎧！

やはりどこかで、女子校の制服と鎧は響き合う何かがあるのであろうか。

しかし、タメジがその問いへの答えにたどり着くことはなかった。

タメジは埴輪ルックの、ジャージのほうをやめてほしかったのだが、いっそこっちでと考えたのか、制服をやめてジャージで登校を始めた生徒があった。

タケナカミユ、というのがその生徒の名前だった。

そして彼女が、タメジの長い、長い、教師生活の中でも、忘れられない生徒の一人となるのである。

というのも、タケナカミユは、タメジが久方ぶりに、生徒指導室で一対一で話をした生徒となったからだ。毎朝の訓戒をものともせずにジャージで通い続けるタケナカミユに、放課後、生徒指導室へ来るように命じると、彼女は逆らうことなく、ジャージ姿のまま、ゆらりと指導室にあらわれた。

「先生、『金八《きんぱち》』とか見なかった?」

タケナカミユは、静かにそう言った。

「テレビドラマか。いや、わたしは、ああいうものは見ない。あの教師の髪型を見ていると、二つに分けて縛りたくなるのでね」

その答えを聞くと、タケナカミユは思いのほか素直に笑い出した。

「かもね。わかる。てか、イライラするよね。切りたくなる」

そういうタケナカミユは、いさぎよいようなショートカットで、タメジが説諭を終えると美しいフォームで運動場に駆けていく、なかなか有望な陸上選手でもあった。

「それで、『金八』がどうした」

「見てないなら、説明しにくいな。世の中にはさ、スカート穿くと仮装してるみたいで心が傷つく人間がいるわけだよ」

「スカートを穿くと心が傷つく?」

「うん。ねえ、先生、スカートって穿いたことある?」

「あるわけないだろう」

「なんでないの?」

素朴な疑問を発して、さらに笑顔まで見せるタケナカミユには驚かされた。

その日以来、自分はなぜスカートを穿かないのかという、根源的な疑問に、タメジは取りつかれたのである。

タメジは帰宅して夕食を終えると、書斎に引っ込んで考え込んだ。

なぜ自分は、スカートを穿かないのだろう。一学年三百人として、万単位に及ぶ女生徒たちのスカートを見守ってきた自分が、生涯に一度も、そのスカートを着用したことがないのは、なにか大きく間違っているのではないだろうか。

「リツコ、制服、まだ持ってるか?」

週末の朝に、タメジはおそるおそる、妻に訊《たず》ねた。

「高校の? そうね。ありますよ、押し入れの奥に」

「ミナミのもある?」

「捨てた覚えはないから、あるでしょう」

「ちょっと出してくれないか」

リツコは自分と娘の着た制服を、夫の書斎に持って行った。

「よく考えたら、これはもう、処分だわね。断裁して処分するわ。変な人の手に渡るのも気持ちが悪いし」

「そうか。その前にちょっと、着てみようかな」

リツコは能面のような表情になった。

巨漢のタメジが穿くと、リツコのものもミナミのものも小さすぎて、スカートはジッパーを開いたまま、腰のところでパッパッの状態で留め置くしかなく、上着を着るのはとうとう無理だったが、紺色のセーターをぼっかりと着ることで、なんとなく上体を隠して、タメジは三面鏡の前に立った。

「お父さん、どうしたの？」

朝寝坊した娘が、心配そうに顔を出してくる。

「だいじょうぶだ。研究しているだけだ」

予想はできたことだが、非常にスースーして、足の間がこころもとなかった。寒い。季節は春だったが、たしかにこれではすぐに腹が冷えそうだった。

「ミナミ、お父さん、生徒にな、『金八』見たことないのかと聞かれたんだ。その子はスカート穿くと仮装してるみたいで心が傷つくと言って、ジャージで登校してるんだ」

「ああ、それはお父さん、上戸彩《うえとあや》だよ。あ、つまりね、その子は、心が男の子なんだよ。そういう子はけっこういるみたいだよ」

タメジは娘の言葉にも驚いたが、それよりなにより足の寒さが身に沁《し》みた。

タメジは一晩、考え込んだ。鎧なんだよ。着たいか着たくないかしか考えてない。床ではなくて膝では。だって、寒い。心が傷つく。お父さんはスカートに意味を持たせすぎなんだよ——。

翌週になって、もう一度、タメジはタケナカミユに声をかけ、生徒指導室に呼んだ。彼女は、またか、という顔つきをしたが、それでも逃げもせずに現れた。

「タケナカくん、ひとつ、聞いていいか」

「なに？」

「制服がズボンだったら、制服、着るのか？」

「どういうこと？」

「スカートじゃなくて、ズボンの制服だったら、着るのか？」

「そうだね。着るよ」

「それがタケナカくんの『着たい制服』なのか？」

「あんまり考えたことなかったけど、それなら着てもいいよ」

「なんできみは、女子校に来たのかな？」

「都立を落っこちゃって、他に行けるとこがなかったから。それに両親は、女の子らしくなってくれるとか、期待もしてたみたい」

「制服にズボンを入れたら、もう少し、この学校が好きになれると思うかね？」

「パンツを制服にしてくれるの？」

「パンツまではやらないよ」

「パンツっていうのは、ズボンってことだよ。スラックスとかさ」

「理事会で承認されればね。だいいち、スカートでは寒い季節もある。ここは都心とは気温が違うからな。あの、埴輪というのをやられるよりはましだ」

タメジは自分がスカートを穿いてみたことは、言わなかった。タケナカミユは、また、楽しそうに笑った。

「ありがとう、シドウ校長。もし、ほんとにそうなったら、学校がもっと好きになると思うよ。いまだって、別に、嫌いじゃないよ」

タケナカミユはまた校庭に走って行った。タケナカは在学中に二度、インターハイ予選に出場した。ミナミと同じように、三年生のときだけ、制服の改変が間に合って、卒業アルバムではタータンチェックのスラックスを穿いたタケナカが、あの爽《さわ》やかな笑顔でVサインを出している。

それが、ナカムラタメジ校長、現役最後の大仕事だった。

定年退職のその日まで、タメジは校門に立ち続けた。

もはや、スカートの丈を測ることはしなかったのに、手には定規を持っていた。その後、スカートではなくスラックスで登校する生徒は増え、とくに寒い季節は多くの生徒がスラックス登校した。いつのまにか、埴輪の子はいなくなった。笑顔の子が増えたように、タメジは感じたが、それがスカート丈やスラックスのおかげかどうかは、まったくわからない。

退職して十年後に、脳梗塞《のうこうそく》が原因で、タメジは還《かえ》らぬ人となったが、その葬儀には元同僚や、教え子が大勢参列した。

棺《ひつぎ》には、古びた定規とスカートが二枚、紺のフレアースカートとタータンチェックのボックススカートが入ったが、誰も異議を唱えなかった。スラックスは棺には入らなかった。家にはリツコのものとミナミのものしかなかったからだ。

享年七十五歳。

体格のいいナカムラタメジは、化繊混紡のスカートと共に、燃え尽きた生涯を送った。

あとがき

朝倉かすみ

ことに短編を書く場合、肝心なのは第六感がはたらくかどうかなんじゃないかと思っている。少なくともわたしはそうだ。ふと見聞きしたなにかから絵やイメージが染み出し、フックになり、「あ、書ける」と報《しら》せを受けたように知る。

ほかの人はどうだか分からないが、自分がこうなので、お題は、書き手の第六感を刺激する、いくつかのフックを含むものがいいのではと思った。加えて書きでがあればもっといい。でもこっちのほうはあんまり気にしないことにした。書きでがあると思うかどうかは書き手次第だ。傍《はた》はコントロールできない。わたしとしては、書きでがあるといいなぁ、と願うばかりだ。

懐かしさ、エロさ、美しさ、歴史（あるいは時系列）、フェミニズムのイメージが連想されること。以上がわたしの考えたフックで、それらを含む、ごくありふれた品物、にしようと方針を立てた。

候補を思いついては脳内会議にかけ検討を重ねた結果、「人形」と「スカート」が残った。「スカート」にしたのは「穿《は》く」「穿かない」「穿かせる」「穿かせて」「穿かせない」など、動詞の変化による状況の変化がなにやらドラマチックでおもしろかったからだ。揺れたりめくれたりの動きがあるのもよかった。

「明けの明星商会」朝倉かすみ

女性社員の事務服としてのスカートを書いた。いわゆるＯＬさんのスカートというやつ。わたしのお願いした執筆陣のなかに、この手のスカートを取り上げる方はいないんじゃないかなと思って（いなくてよかった）。

「そういうことなら」佐原ひかり

フレッシュ枠。アンソロジーをやるなら、一人くらいは若くて新しい作家に書いてもらいたいというのがわたしの希望だった。佐原さんは二〇二一年六月に単行本デビューしたばかりの掛け値なしのフレッシュさんで、わたしはこの人の言葉の選び方と、そこはかとなく漂う薄情さが好きだ。

「わたしは、水谷がスカートをはく理由を知らない。いつか聞く機会もあるだろうが、聞いてもおそらくわからない。」

この二行が後続する小説たちにうっすらと関わってくる、その妙。これを「スカートのアンソロジーの奇跡」と呼びたい。

「くるくる回る」北大路公子

七十歳の主人公の頼りなさ、あてどなさが、なぜかわたし自身の古い古い記憶と重なる。主人公の後悔が、わたし自身の「ごめんなさいといいたい気持ち」を揺すぶる。そしてわたしは実はこの主人公の息子ではないかとふと思ったりする。わたしはたぶん、ひとと少し違っているというだけで排除したりされたりした経験があるのだろう。

余談だが北大路さんはもうずうっと前から小説を書く人なのだが、いかんせん寡作なので、二人目のフレッシュさんといっていいかもしれない。

「スカートを穿いた男たち──トマス・アデリン『黒海沿岸紀行』抜粋」佐藤亜紀

うわ、かっけー。ゴージャス。痺《しび》れちゃう。よーしわたしもと、トマス・アデリンなる人物のプロフィールをでっち上げて紹介する趣向を思いついたのだが、一文字も書けなかった。……教養！　あとスキル。

カーツでは「馬の扱いが巧みだった女児は左足を折られ」、歩行が困難になるものの「跛行《はこう》する女性はより多くの婚資で贖われる」。「良い子供を胎《はら》の中で養うと」見做《みな》すカーツの男たちは、この点では、お利口だと思う。指差して嗤《わら》うだけの男たちの国もありそうだからだ。先細りの国。

「スカート・デンタータ」藤野可織

ちかん君の主張は零点だ。なんだけれども、その零点っぷりが百点。青木きらら現象が起こってからの世界線のどたばたっぷり、俗臭も百点。さらに絶対百点だったのが、ちかん君がスカートの歯を磨くシーン。厳かで美しくて宗教画みたい。

ところでこの小説と「スカートを穿いた男たち――トマス・アデリン『黒海沿岸紀行』抜粋」の初出は「小説宝石」の同じ号だった。信じられる？　このふたりの、この小説が同時に掲載されたなんて。これを二〇二〇年「小説宝石」十月号の奇跡と呼びたい。

「ススキの丘を走れ(無重力で)」高山羽根子

わりと最初のほうに出てくる「秋だったから、寒くもなく暑くもないくらいの晴れた日」がキッカケで、わたしの脳内にブランキージェットシティの「小麦色の斜面」がかかり、それが流れ続けた。どうでもいい情報だとは百も承知だが、なんかどうしても書き残しておきたいのだった。

二人のヤスダへの思いがだいぶ切ない。その思いをヤスダに背負わせる気がないあたりがわたしの落涙ポイントだった。

「I, Amabie」津原泰水

ノイズ、ノイズ、ノイズの日常で、すうっと浮かび上がる、好きというきもち。無数の祈りがWi-Fiみたいに飛び交うなか、ぼくのそれが叶《かな》えられた一瞬。津原さんはこうやってわたしを泣かす。いやんなる。
なお、無数の祈りのなかには「スカート・デンタータ」のちかん君のそれも入っているはずだ。あっ、そんなことをいったら、ほかの小説に出てくるみんなのものもだ。

「半身」吉川トリコ
そうなんだよね。分かんないよね。ほんと「私の知らないところで勝手に決められたルールがこの世には多すぎる」。価値観とか倫理観とか、ひっくるめると、ジョーシキってやつがものすごいスピードで変わっていくもんだから、今までだって見よう見まねでなんとか凌《しの》いできたわたしなどは右往左往だ。きっと、きよみみたいに呼吸が浅くなってるんだろうな。きよみ、ひとつ深呼吸すればいいのにな。

「本校規定により」中島京子
わたしは、なんとなーく、中島さんは着物からスカートへの大正〜昭和とか、モンペからスカートへの戦後の話を書かれるような気がしていた。
だ・け・ど、蓋を開けたら昭和から平成にかけての女子高生制服クロニクル。なおタメジ視点。参りました。もはやタメジはわたしの恩師だ。ただの指導張り切り脳筋定規野郎だと思っていたのにさぁ！

さて、お気づきだろうか。

本書が女子事務員の制服で始まり、女子高生の制服で終わっているのを。図ったのではない。単純に掲載順だった。これを「スカートのアンソロジーの奇跡」パート2と呼ばずしてなんと呼ぼう、っていうかこれだけの作品が揃《そろ》ったっていうのが既に奇跡なんだけど。

わたしのお願いを聞き入れてくれた作家たちに深く感謝します。

ありがとうございます。好きです。

あ、同時発売の『真藤順丈リクエスト！　絶滅のアンソロジー』もすごいらしいのでぜひ。

初出「小説宝石」

明けの明星商会　２０２０年６月号
そういうことなら　２０２０年７月号
くるくる回る　２０２０年８・９月合併号
スカートを穿いた男たち
——トマス・アデリン「黒海沿岸紀行」抜粋　２０２０年10月号
スカート・デンタータ　２０２０年10月号
ススキの丘を走れ（無重力で）　２０２０年11月号
I, Amabie　２０２１年３月号
半身　２０２１年４月号
本校規定により　２０２１年５月号

装幀◆藤田知子
装画◆北澤平祐

asakura_

朝倉《あさくら》かすみリクエスト！

スカートのアンソロジー

2021年 8月 30日　初版1刷発行

著　者　朝倉《あさくら》かすみ／北大路公子《きたおおじきみこ》／佐藤亜紀《さとうあき》／佐原《さはら》ひかり
高山羽根子《たかやまはねこ》／津原泰水《つはらやすみ》／中島京子《なかじまきょうこ》／藤野可織《ふじのかおり》／吉川《よしかわ》トリコ

発行者　鈴木広和

発行所　株式会社 光文社
〒112-8011　東京都文京区音羽1-16-6
電話　編集部　03-5395-8254
書籍販売部　03-5395-8116
業務部　03-5395-8125
URL　光文社　https://www.kobunsha.com/

組　版　萩原印刷

印刷所　新藤慶昌堂

製本所　ナショナル製本

ISBN978-4-334-91420-2
JASRAC 出 2106539-101